Versonnen

Emma & Kilian

Alina Jung

Cover design by: Alina Jung

Für Jill, die nie an die Liebe geglaubt hat, obwohl sie ihr gleich mehrfach begegnet ist.

Kapitel 1

"Eine Empfehlung, bitte"

Es regnete in Strömen und wieder einmal war sie verdammt spät dran. Der Busfahrer war schuld. Er hatte wie so oft ihre Haltestelle ausgelassen und sie hatte zu Fuß gehen müssen.

»Gehen? Von wegen«, schimpfte sie leise. Gerannt war sie, den kompletten Weg von ihrer Wohnung bis zu der Bar, in welcher sie beinahe jede Nacht schuftete, um ihre überteuerte Miete bezahlen zu können.

»Da bist du ja endlich«, empfing Sandra sie.

Ihre Kollegin und zudem beste Freundin sah wie immer blendend aus. Perfekt geschminkt, glattes schulterlanges Haar. Nicht eine winzige Strähne traute sich aus der Reihe zu tanzen, während ihre eigenen krausen Locken kaum zu bändigen waren.

»Mensch Emma, du bist ja pitschnass. Geh dich zuerst frisch machen«, entschied ihre Freundin und schob sie in Richtung Toiletten.

Seufzend zog Emma ihren Mantel aus und schüttelte die nassen Haare. Das machte die Lage nicht gerade besser. Sie zog ein Haarband aus der Tasche und versuchte sich zumindest das Gesicht frei zu halten. Die Schleife saß mehr schlecht, als recht.

Sie wrang ihren Rock aus und putzte sich notdürftig den Schlamm von den Schuhen. Dies war nur eine einfache Kneipe, aber auch an diesem Ort musste sie ja nicht herumlaufen, als würde sie auf der Straße leben.

Sie ging zurück in die Stube. Die Musikbox spielte leise im Hintergrund.

»Komm. Ich helfe dir bei deiner Frisur«, lächelte Sandra mitleidig und zog ihr das Band aus den Haaren, welches sich bereits von selbst löste.

Ihre Freundin machte zur Zeit ihr Medizinstudium in München und ihre Eltern zahlten alles. Von der schicken Wohnung, über die teuren Kleider, bis hin zum Auto.

Sie hatte es eigentlich gar nicht nötig, mitten in der Nacht Betrunkene in einer Kneipe zu bedienen, aber scheinbar machte es ihr Spaß.

»Es ist die perfekte Abwechslung zu meinem sonstigen Leben. Keine hochintelligenten Menschen, die sich für etwas besseres halten. Außerdem kann ich dann Zeit mit dir verbringen«, sagte sie immer.

»Sind wir schon wieder alleine heute?«, fragte Emma mit einem prüfenden Blick hinter die Theke, sobald ihre Frisur wieder vorzeigbar war.

»Der Chef hat heute frei und Toni schläft im Büro. Wenn sein Vater das wüsste, würde er ihm die Hölle heiß machen«, flüsterte Sandra und machte dabei ein Gesicht, als würde sie ihn liebend gerne verraten. Toni war der Sohn des Wirtes und zu absolut gar nichts zu gebrauchen. Sobald sein Vater die Bar verließ, verzog er sich meist nach hinten.

Heute Abend waren die Tische glücklicherweise überschaubar. Es war allerdings auch erst halb zehn, an einem Samstag.

In der hinteren Ecke des schäbigen Lokals saßen vier Männer, die sich jeden Abend zum Poker trafen und auch die zwei älteren Herren an der Theke zählten zu den Stammgästen.

An einem kleinen Tisch auf der anderen Seite hockte ein junges Pärchen. Ganz offensichtlich bei einer ersten Verabredung. Sie schwiegen sich gegenseitig an und warfen sich nur verstohlene Blicke zu.

»Hast du die Bestellungen schon aufgenommen?«, fragte Emma ihre Freundin.

»Die von Romeo und Julia noch nicht. Ich war zu gespannt, wie lange sie sich anschweigen würden, wenn sie noch ein bisschen warten müssten«, grinste die verschmitzt und beobachtete das junge Paar neugierig.

Emma verdrehte zur Antwort nur die Augen und ging auf den Tisch zu.

»Was darf's sein?«, fragte sie mit einem Lächeln. Das Mädchen betrachtete abschätzig ihre nassen Haare und den leicht schmutzigen Stoff ihres Kleides. Danke, ich weiß, wie ich aussehe, dachte Emma grimmig.

»Zwei Cola«, brummte der Junge, ohne den Blick von seiner Begleitung zu erheben.

»Ohne Zucker«, fügte die spitz hinzu.

»Kommt sofort.« Emma nickte knapp und ging zurück hinter die Theke.

»Wie sie dich angeschaut hat«, murmelte Sandra. »Am Liebsten würde ich ihr einen Löffel Zucker zusätzlich in ihr Getränk kippen.«

Emma lachte nur und erledigte die Bestellung.

»Wie läuft das Studium?«, fragte sie ihre Freundin.

»Wen interessiert mein Studium? Wie ist dein Casting gelaufen?«, wollte Sandra wissen.

»Hmm«, machte Emma.

»Ich glaube nicht, dass sie mich nehmen.«

Sie hatte sich vor Monaten an der Kunstakademie beworben und war damit überrascht worden, tatsächlich zur Prüfung eingeladen worden zu sein.

»Unsinn. Du bist zu negativ. Vielleicht finden sie dich ja ganz toll. Du wirst schon sehen. Wann bekommst du Bescheid?«, versuchte Sandra sie aufzumuntern.

»Anfang November«, gab sie knapp zurück. Eine Gruppe von drei Männern betrat die Bar. Sie lachten laut und schienen bereits einige Lokale hinter sich gelassen zu haben.

Sie bestellten etwas zu trinken, nicht ohne

ein paar anzügliche Sprüche loszuwerden. Sandra steckte es mit einem süßen Lächeln weg und unterhielt sich eine Weile mit den Männern, während Emma sich an das Spülbecken verzog. Sie mochte diese Art von Kundschaft nicht. Es blieb nicht aus, wenn man als Frau Nachts in einer Bar kellnerte, aber welche Wahl hatte sie schon? Das Geld war knapp. Sie hatte weder eine Ausbildung, noch einen guten Schulabschluss. Sie war selbst Schuld an dieser misslichen Lage und sie war zu Stolz, um zurück zu ihren Eltern zu gehen. Zudem hatten sie nie das beste Verhältnis gehabt.

Seit Emma ihre eigene Wohnung hatte, sahen sie sich nur noch zu Geburtstagen und an Weihnachten. Ihre Eltern hatten ihr Leben und sie hatte ihren eigenen Weg gewählt.

»Der Agent ist wieder da«, zischte Sandra ihr plötzlich zu und stieß ihr den Ellbogen in die Seite.

Emma warf einen verstohlenen Blick über die Schulter.

Der Agent, wie ihre Freundin den Fremden nannte, ging zu seinem üblichen Tisch am Fenster und setzte sich. Er war immer fein gekleidet, mit dunklem Anzug und Krawatte, sprach kaum ein Wort und laut Sandra war er definitiv ein Geheimagent. Sie war ganz verrückt nach James Bond. Vor vier Wochen war der Film in den Kinos angelaufen und seitdem war sie bereits in sechs Vorstellungen gewesen. Einmal hatte sie Emma mitgeschleppt, doch sie konnte reichlich wenig mit diesem Thema anfangen.

»Wie wäre es, wenn du heute mal die Bestellung aufnimmst«, grinste ihre Freundin frech. Emma hatte dummerweise vor ein paar Wochen erwähnt, dass sie ihn gutaussehend fand und seitdem zog Sandra sie damit auf.

»Muss das sein?«, versuchte Emma sich wie jeden Abend zu drücken. Er kam tatsächlich beinahe täglich her.

»Du kannst stattdessen auch die netten Herren an der Theke unterhalten«, schlug Sandra vor und deutete auf die drei Betrunkenen, die mittlerweile laut grölten. Offensichtlich würde ihre Freundin heute nicht nachgeben.

»Das ist so fies von dir«, zischte Emma, bevor sie sich die Finger an einem einigermaßen sauberen Lappen abwischte und zu dem neuen Gast hinüberging.

»Guten Abend. Was kann ich ihnen bringen?«, fragte sie unsicher und hielt sich krampfhaft an dem Notizblock fest. Er blickte zu ihr auf. Seine Augen waren beinahe ebenso dunkel, wie sein Haar. Sie hatte das Gefühl in die Tiefe zu fallen.

»Was immer sie empfehlen können und ein Glas Wasser, bitte«, antwortete er.

»Empfehlen?«, stammelte sie verwirrt.

»Ich würde gerne etwas essen, das gut schmeckt«, erklärte er.

»Etwas das schmeckt? Dann würde ich ihnen den Chinesen empfehlen, zwei Straßen weiter«, rutschte es ihr heraus. Er lachte.

»Sind sie so wenig überzeugt von ihren eigenen Kochkünsten?«, wollte er jetzt von ihr wissen.

»Ich, ähm. Ich bin nur die Kellnerin«, gab sie zurück. Ihre Stimme zitterte.

»Wenn das so ist, dann beginnen wir doch mit dem Wasser«, lächelte er charmant.

Ein wenig durcheinander, drehte Emma sich um und ging zurück.

»Was hat er gesagt?«, wollte Sandra sofort aufgeregt wissen.

»Er hat ein Wasser bestellt«, meinte Emma.

»Mehr nicht? Er kommt seit vier Wochen jeden Abend her, isst eine Suppe, trinkt sein Wasser, bezahlt gutes Trinkgeld und geht wieder. Kaum sprichst du mit ihm, vergisst er die Hälfte«, zweifelte Sandra an ihrer Aussage. Emma zuckte nur mit den Schultern und brachte dem Fremden das Wasser.

»Möchten sie eine Suppe?«, fragte sie ihn und wusste selbst nicht ganz, weshalb sie das tat.

»Können sie das Gericht empfehlen?«, informierte er sich erneut.

»Ich habe sie nicht probiert«, gab sie langsam zurück.

»Ich glaube, dann bevorzuge ich den Chinesen«, entschied er. Emma nickte und wandte sich erneut zum Gehen.

»Wann haben sie Feierabend?«, hörte sie ihn fragen.

»Wie bitte?«, hakte sie überrascht nach.

»Wie lange müssen sie noch arbeiten?«,

wiederholte er seine Frage mit anderen Worten. »Damit sie mich vor Ort beraten können.«

»Verzeihung. Meine Schicht dauert voraussichtlich bis vier Uhr früh«, gab sie zurück.

Er nickte nur und trank einen Schluck von seinem Wasser.

Weitere Gäste betraten die Bar und forderten ihre Aufmerksamkeit. Sie nahm die Bestellungen auf.

»Erzähl«, empfing Sandra sie hinter der Theke.

»Die beiden Frauen wollen einen Cocktail, die Männer jeweils ein Bier«, gab sie die Bestellung weiter.

»Nein. Ich rede von dem schönen Agenten. Was hat er noch gesagt?«, forderte Sandra sie auf zu erzählen.

»Er wollte wissen, wann ich Feierabend habe«, wisperte Emma und fühlte, wie ihr Herz bei diesen Worten aufgeregt pochte. Soetwas wurde sie häufiger gefragt, allerdings eher auf plumpe Art und meist von angeheiterten Gästen. Dieser hier schien nüchtern.

Sandra gab ein aufgeregtes Quieken von sich, welches in dem Lärm der anwesenden Leute und der stetig dudelnden Musikbox unterging.

»Und wirst du mit ihm ausgehen?«, blieb sie dran. Emma schüttelte den Kopf.

»Wieso nicht? Er gefällt dir doch«, warf Sandra ein und stellte ihr die Getränke auf ein Tablett.

»Ich habe keine Zeit. Um spätestens sechs muss ich bei Frau Siebers sein«, erinnerte sie ihre Freundin an ihren anderen Job. Vier Tage die Woche half sie älteren Menschen im Haushalt. Eine Arbeit alleine reichte nicht, um die Miete zu bezahlen und den Kühlschrank zu füllen.

»An einem Sonntag?«, stöhnte Sandra.

»Morgen ist die Beerdigung ihres Mannes. Ich habe versprochen ihr zu helfen. Du weißt doch, dass sie sonst niemanden mehr hat«, gab Emma zurück und nahm die Getränke an sich, um sie zu verteilen.

Auf dem Weg zu dem Vierertisch blieb ihr Blick kurz an dem schönen Unbekannten hängen. Er hatte ein Buch aufgeschlagen und schien tief darin versunken zu sein.

Ab elf wurde es voller und irgendwann bequemte sich selbst Toni nach vorne, um ihnen zu helfen.

»Hey, Em. Was machst du morgen Mittag?«, fragte er, während er die Zapfanlage auffüllte.

»Vermutlich schlafen«, überlegte sie nicht lange. Immerhin würde sie auch morgen wieder die Spätschicht übernehmen.

»Du arbeitest zu viel«, kommentierte Sandra.

»Wenn du willst, frage ich meinen Vater, ob er dir morgen Abend frei gibt«, schlug Toni vor. Emma schüttelte den Kopf.

»Bloß nicht. Ich muss meine Urlaubstage aufheben, falls ich noch einen weiteren Prüfungstermin bekomme«, redete sie sich heraus.

»Wie du meinst«, brummte Toni beleidigt.

»Hey, dein Mr. Bond schaut seit fünf Minuten

herüber«, stieß Sandra sie an und nickte in die Richtung. Mittlerweile war es kurz nach Mitternacht. Sie wunderte sich, dass er noch immer dort saß.

»Redet ihr von Bastian Falkner?«, mischte Toni sich in das Gespräch ein.

»Woher kennst du denn seinen Namen?«, wollte Sandra wissen. Er zuckte mit den Schultern.

»Ich kenne viele Leute.«

»Er will sicher bezahlen«, sagte Emma. Schließlich saß er seit über zwei Stunden an seinem Tisch, hatte ein Glas Wasser bestellt und die ganze Zeit über gelesen.

»Worauf wartest du noch. Geh hin«, forderte Sandra.

Emma tat wie ihr geheißen.

»Möchten sie die Rechnung?«, fragte sie ihn.

»Dürfen sie denn schon gehen?«

»Ich fürchte, nein«, erwiderte sie gefasst und schenkte ihm ein Lächeln. Langsam war sie sich sicher, dass er scherzte. Viele Männer in dieser Bar flirteten, ohne es ernst zu meinen. Nur weil dieser eine ihr gefiel, musste sie nicht gleich den Kopf verlieren.

»Dann bleibe ich«, entschied er.

»Kann ich ihnen noch etwas bringen?«, bot sie an.

»Gibt es hier Kaffee?« Beinahe hätte sie gelacht. Es kam niemand in eine Bar wie diese und bestellte Kaffee um halb eins in der Nacht.

»Nur für die Angestellten«, entschuldigte sie sich.

»Wunderbar. Dann nehme ich einen«, sagte er und legte einen Zwanziger auf den Tisch. Sie starrte den Geldschein einen Moment lang an.

»Hey, Em. Beweg dich. Hier wartet Arbeit auf dich«, rief Toni ihr grob zu.

Sie nahm das Geld und beeilte sich zu ihren Kollegen zurückzukehren.

»Was wollte er?«, hielt Sandra ihre Neugierde kaum aus.

»Er hat einen Kaffee bestellt«, berichtete sie.

»Wir verkaufen hier keinen Kaffee«, schimpfte Toni leise.

»Auch nicht wenn du dafür zwanzig Mark bekommst?«, fragte Emma und zeigte ihm das Geld.

Mit einem Grinsen steckte Toni es in seine Tasche und verschwand in den hinteren Räumen, wo die klapprige Kaffeemaschine stand.

»Trottel«, schimpfte Sandra leise, während sie eine weitere Runde Wodka in die Gläser der drei Männer an der Bar füllte. Der eine von ihnen sah aus, als würde er jeden Moment von seinem Stuhl kippen. Sie ahnte schon, dass sie am Ende des heutigen Abends den Tresen von Erbrochenem reinigen müsste, wenn er weiter trank. Bis zur Toilette würde er es bestimmt nicht mehr schaffen.

Toni war wieder da. Mit der wohl einzigen Tasse, bei der nicht der Henkel abgebrochen war, lief er zum Tisch von Bastian Falkner und stellte sie wie ein feiner Oberkellner vor ihm ab. Er verbeugte sich sogar leicht.

»Scheinbar steht Toni auch auf Mr. Bond. Pass auf, dass er ihn dir nicht wegschnappt«, grinste Sandra und warf ihre Haare über die Schulter. Emma knuffte sie in die Seite und widmete sich wieder dem Spülbecken.

»Ein Uhr! Ich bin weg für heute. Bin noch auf eine Party eingeladen. Um vier könnt ihr dicht machen. Wenn irgendwas ist, ruft mich bloß nicht an«, warnte Toni sie, während er sich seine Jacke überzog.

»Wir rufen einfach deinen Papi an, wenn es Probleme gibt«, säuselte Sandra. Mit einem bösen Blick verschwand Toni zur Vordertür hinaus. Der Wirt war stets darauf bedacht, dass sie und Sandra Nachts nicht alleine waren. Das Verhalten seines Sohnes hätte er nicht gut geheißen.

Gegen drei leerten sich die Tische langsam. Die Pokerrunde löste sich gerade auf, als das unausweichliche geschah und einer der drei Betrunkenen sich mit einem widerlichen Würgelaut auf seinen Nebenmann erbrach.

»Nicht schon wieder«, stöhnte Sandra und ging um die Theke herum. Emma holte einen Eimer und einen Putzlappen.

Als sie zurückkehrte komplimentierte ihre Freundin die drei Männer gerade auf die Straße. Der Größte von ihnen machte den Eindruck, als wollte er sich weigern.

»Wenn sie nicht freiwillig gehen, wird meine

Kollegin die Polizei rufen«, blieb Sandra standhaft. Emma griff bereits nach dem Telefonhörer. Diese Abende gingen selten ruhig zu Ende. Besser man rief die Polizei bevor es zu einer Prügelei kam. Zwei andere Gäste suchten bereits das Weite und verschwanden.

»Wieso sollen wir gehen? Wir sind zahlende Kundschaft«, grölte der Riese jetzt und griff nach Sandra. Allerdings war er zu betrunken und taumelte nur zur Seite, ohne sie zu berühren.

»Die Dame hat sie gebeten zu gehen.« Bastian Falkner stand plötzlich neben ihrer Freundin und packte den Pöbler am Arm. Er führte ihn ohne ein weiteres Wort aus dem Gebäude.

Bis auf zwei Gäste waren alle gegangen. Sie beeilten sich ihre Rechnung zu zahlen und verschwanden ebenfalls auf der Straße. Hinter ihnen schloss Sandra die Tür und drehte den Schlüssel herum. Unterdessen hatte Emma damit begonnen, die Überreste des Erbrochen vom Boden zu wischen.

»Mir reicht es für heute. Egal was Toni gesagt hat. Wir machen dicht«, stöhnte Sandra.

»Bis wir hier fertig sind ist es locker halb fünf«, stellte Emma wenig begeistert fest.

»Danke, dass du dich um die Schmutzarbeit gekümmert hast«, sagte Sandra, während sie die Musik abschaltete und das Geöffnet-Schild an der Türe umdrehte.

»Kein Problem«, murmelte Emma und ging zu den Toiletten, um den Inhalt des Eimers zu entsorgen. Sie wusch sich gründlich die Hände und löschte das Licht. Zum Glück blieb es ihnen erspart auch noch die Toiletten zu putzen. Dafür gab es eine extra Reinigungskraft.

»Sieh mal was ich gefunden habe«, empfing Sandra sie grinsend und wedelte mit einem Buch vor ihrer Nase herum. Es hatte einen dunklen Ledereinband.

»Mr. Bond hat seine geheimnisvolle Lektüre hier vergessen. Ob es sein Auftragsbuch ist? Vielleicht sollten wir einen Blick hineinwerfen«, schlug sie vor. Noch bevor Emma etwas dagegen argumentieren konnte, hatte ihre Freundin den Einband bereits aufgeschlagen.

»Interessant«, wisperte sie.

»Was denn?«, war auch Emmas Neugierde plötzlich geweckt. Sandra hielt ihr das Buch unter die Nase.

»Sieht aus wie arabisch oder sowas. Bestimmt eine Geheimsprache für verdeckte Ermittlungen.«

Tatsächlich waren die Seiten gefüllt mit lauter verschlungenen Schriftzeichen.

»Das geht uns nichts an, Sandra«, versuchte Emma es und ging an ihr vorbei, um die letzten Gläser von den Tischen zu sammeln.

»Bist du denn nicht neugierig? Immerhin hat er fünf Stunden an diesem Tisch gesessen, nur um auf dich zu warten«, behauptete ihre Freundin.

»Ach was. Er hat nicht auf mich gewartet, oder siehst du ihn etwa irgendwo«, wehrte Emma ab. Sandra ging zum Fenster und presste ihre Nase an das Glas.

Eine Weile blieb es still.

»Es regnet immer noch. Man sieht überhaupt nichts«, stellte sie fest. Emma lachte.

»Komm. Lass uns aufräumen, dann schaffe ich es vielleicht noch mich eine Stunde hinzulegen. Außerdem wünsche ich mir dringend eine Dusche.«

Sobald sie ihre Arbeit erledigt hatten, traten sie durch die Hintertüre auf den schmalen Parkplatz. Bis auf Sandras Käfer, war er verlassen.

»Und du bist ganz sicher, dass ich dich nicht mitnehmen soll?«, fragte sie mit heruntergelassenem Fenster.

»Ich fahre jeden Abend mit dem Bus zurück«, erwiderte Emma lächelnd.

»Ja und jeden Abend habe ich Angst dich nie wieder zu sehen«, trieb ihre Freundin es auf die Spitze.

»Wir sehen uns morgen Abend«, verabschiedete Emma sich winkend und zog sich die Kapuze tiefer ins Gesicht. Sie verließ den Hinterhof Richtung Straße. Sandra winkte und fuhr davon.

Der Regen war nicht mehr so stark wie am Abend, aber dennoch stark genug.

»Dann spare ich mir wenigstens die Dusche«, sprach sie mit sich selbst.

»Das nenne ich praktisch veranlagt«, hörte sie eine Stimme hinter sich. Sie wandte sich um und erblickte Mr. Bond.

Sandra hatte zumindest in der Hinsicht recht,

dass dieser Name passte. Besser jedenfalls als Bastian Falkner. Er hatte unter dem Vordach der Bar im Schatten gestanden.

»Man spart, wo man kann«, gab sie zurück und steckte die Hände in ihre Manteltaschen.

»Es tut mir leid, aber meine Kollegin hat die Schlüssel«, entschuldigte sie sich. Er sah sie fragend an.

»Sie haben ihr Buch bei uns vergessen. Deshalb haben sie doch sicher hier gewartet«, redete sie weiter.

Er machte keine Anstalten ihr zu antworten.

»Morgen ab fünfzehn Uhr ist wieder jemand in der Kneipe. Dann können sie es abholen«, fügte sie hinzu. Er lächelte.

»Und werden sie auch dort sein?«

»Ich möchte meinen Bus nicht verpassen«, redete sie sich heraus und wandte sich zum Gehen.

»Was ist mit dem Essen?«, fragte er und ging neben ihr her, als hätte sie ihn dazu aufgefordert.

»Wie bitte?«, machte sie verwirrt.

»Der Chinese«, erinnerte er sie.

»Ich fürchte, sie werden dort ebenfalls vor verschlossenen Türen stehen«, erwiderte sie leise. Es war fast fünf Uhr morgens.

»Wo bekommt man dann etwas zu essen?«, wollte er wissen.

»Es gibt eine Imbissbude, gleich um die Ecke«, antwortete sie ihm.

»Dann gehen wir dorthin«, entschied er.

Sie blieb stehen.

»Für gewöhnlich fahre ich nach der Spätschicht nach Hause, springe unter die Dusche und versuche für eine Stunde zu schlafen, bevor ich wieder aufstehen muss«, versuchte sie ihm deutlich zu machen, dass sie keine Zeit hatte, sich länger zu unterhalten, auch wenn sie liebend gerne eine Kleinigkeit Essen gegangen wäre.

»Da sie ja auf ihre Dusche verzichten wollen, haben wir eine halbe Stunde, wenn ich sie anschließend mit dem Auto nach Hause fahre«, ließ er nicht locker.

»Zwanzig Minuten und ich fahre mit dem Bus«, verhandelte sie.

»Das ist ein Anfang«, lächelte er.

Mittlerweile hatte es aufgehört zu regnen.

»Was möchten sie, Em?«, fragte er.

»Wir haben nur noch Pommes«, warf der Imbissbudenbesitzer ein.

»Mein Name ist Emma«, gab sie zurück. Sie mochte es nicht, wenn man sie Em nannte. Er musste es von Toni aufgeschnappt haben.

»In Ordnung, Emma. Was möchten sie essen?«, wiederholte er.

»Nur Pommes«, brummte der Mann hinter dem Tresen erneut.

»Verraten sie mir ihren Namen gar nicht?«, wollte sie wissen.

»Kilian«, meinte er.

»Das macht eine Mark«, unterbrach der Budenbesitzer sie und stellte unaufgefordert zwei kleine Teller auf die Ablage.

Ihr Begleiter legte eine Münze auf den Tisch, bedankte sich und nahm das Essen.

»Kilian«, sprach sie ihm nach. Es klang merkwürdig fremd. Zumal hatte sie geglaubt, sein richtiger Name sei Bastian Falkner. Hatte Toni sich diese Geschichte etwa ausgedacht?

»Und wie weiter?«, hakte sie nach, als er die Teller auf dem wackeligen Stehtisch platzierte.

»Nur Kilian«, lächelte er. Vielleicht hatte Sandra recht und er war doch eine Art Geheimagent, schoss es ihr durch den Kopf.

»Ich dachte, der Name sei Bastian Falkner«, murmelte sie.

»Sie haben davon gehört«, stellte er überrascht fest.

»Toni hat es erwähnt«, gab sie zurück und nahm sich eine dampfende Pommes.

»Toni?«, fragte er nach.

»Mein Kollege aus der Bar«, erklärte sie knapp und warf einen Blick auf ihre Armbanduhr. Viertel nach fünf. Von ihrer Wohnung aus lief sie fünf Minuten bis zum Haus von Frau Siebers. Sie musste sich zwingend umziehen und duschen. So konnte sie nicht auf eine Beerdigung gehen.

»Sie wollen nach Hause«, schlussfolgerte Mr. Bond. Er klang tatsächlich ein wenig enttäuscht, oder bildete sie es sich nur ein. Sie hob den Kopf.

»Ich habe versprochen, um sechs Uhr bei einer Bekannten zu sein. Heute ist die Beisetzung ihres Mannes«, erklärte sie.

»Oh«, machte er. »Dann bringe ich sie besser

gleich nach Hause.«

Emma schüttelte den Kopf.

»Danke, aber ich finde den Weg alleine«, entschied sie. Es waren nur ein paar Straßen und sie war schon oft gelaufen, immer dann, wenn der Busfahrer sie übersehen hatte oder wenn das Geld knapp war.

»Geben sie auf sich acht«, sagte er zum Abschied. Sie kam sich merkwürdig vor, ihn einfach an dem Tisch stehen zu lassen, doch sie wusste es nicht besser. Sie hatte das Gefühl, dass er ihr mit seinem Blick folgte, bis sie um die Ecke verschwunden war.

Dann rannte sie los.

Kapitel 2

"Eine Schuld begleichen"

Mit einem Ruck kam der Bus zum Stehen und schleuderte sie beinahe durch den Gang. Ihre Uhr zeigte halb Acht. Sie sprang auf den Gehweg und betrat die Kneipe.

»Ausnahmsweise pünktlich«, grüßte Gustav sie. Der Wirt war groß und breit. Er hatte einen dichten Bart und buschige Augenbrauen. Auf der Straße hätte sie einen weiten Bogen um ihn gemacht, aber wenn man ihn kannte, war er einer der liebsten Menschen auf der Welt.

Bis auf eine ältere Frau waren keine Besucher da.

Sandra kam aus der Küche gehopst. Ihre Augen leuchteten und sie grinste breit.

»Rate mal, wer heute Mittag hier war und nach dir gefragt hat«, forderte sie und wackelte mit den Augenbrauen.

»Keine Ahnung«, gähnte Emma und rieb sich die Augen. Bis sechzehn Uhr hatte sie bei der guten

Frau Siebers auf dem Sofa gesessen, sich alte Dias angesehen und Geschichten gelauscht. Gerade mal zwei Stunden Schlaf hatte sie bekommen und sie sehnte das Ende ihrer Schicht bereits herbei, obwohl sie noch gar nicht angefangen hatte.

Zum Glück war Morgen ihr freier Tag. Sie würde ausschlafen, sich in ihre winzige Badewanne quetschen und eine Schallplatte nach der anderen auflegen.

»Dein Agent«, ignorierte Sandra ihre geringe Begeisterung für dieses Ratespiel und tänzelte aufgeregt herum.

»Er wollte sicher nur sein Buch abholen, welches er gestern hier vergessen hat«, stritt sie ab.

Sandra schüttelte den Kopf.

»Frag Gustav, er wollte dich sehen«, behauptete sie weiter.

Emma warf dem Wirt einen fragenden Blick zu.

»Ist Emma auch da? Hat er gefragt«, bestätigte der mit erhobenen Händen.

»Ich habe ihm gesagt, da müsse er heute Abend wiederkommen«, fügte er hinzu.

»Ich sagte doch, er hat Interesse. Er hat sogar deinen Namen in Erfahrung gebracht«, grinste Sandra.

»Den habe ich ihm gestern selbst gesagt«, informierte sie ihre Freundin.

»Du musst mich morgen nach meinem Unterricht unbedingt anrufen. Ich will wissen, ob er aufgetaucht ist und was er von dir wollte«, war Sandra noch immer ganz aufgeregt, während sie ihre Jacke anzog. Sie war für heute mit der Mittagsschicht durch und durfte nach Hause. Emma beneidete sie. Vier Stunden, dachte sie. Um Mitternacht würde Gustav schließen, so wie jeden Sonntag.

Es wurde ein ruhiger Abend mit vereinzelten Stammkunden. Die meiste Zeit über unterhielt sie sich mit Gustav über ihre Pläne mit der Kunstakademie. Er war ein bisschen so, wie sie sich ihren Vater gewünscht hätte. Er hörte ihr zu, gab ihr Tipps und schenkte aufmunternde Worte.

Er war mit der Grund, weshalb sie sich nicht längst eine andere Arbeit gesucht hatte. Er und natürlich Sandra. Sie waren ihre Familie. Selbst der stinkfaule Toni, der sie hin und wieder aufforderte, etwas mit ihm zu unternehmen, war ein Teil dieser Familie.

»Es ist kurz nach elf und bis auf den langsamen Bert ist niemand mehr hier. Geh nach Hause Emmchen und schlaf dich aus«, sagte Gustav irgendwann. Kilian oder Bastian oder wie auch immer er jetzt hieß, war nicht in der Bar aufgetaucht. Sie spürte einen kleinen Anflug von Enttäuschung und schob es auf ihre Müdigkeit. Sie verabschiedete sich von Gustav, schlüpfte in ihren Mantel und erwischte gerade noch rechtzeitig den Bus.

Zuhause fiel sie wie ein Stein ins Bett.

Erst das Klingeln ihres Weckers riss sie aus dem Schlaf. Wieso hatte sie dieses verdammte Ding überhaupt eingeschaltet, dachte sie sich und stopfte ihn achtlos in die Nachttischschublade. Erst als das Klingeln noch einmal erklang, registrierte sie, dass es ihr Telefon gewesen war, welches sie aus dem Schlaf gerissen hatte. Ein prüfender Blick zu ihrer Armbanduhr verriet, dass es zwölf Uhr Mittags war. Was fiel Sandra ein, sie so früh anzurufen? Waren etwa erneut Vorlesungen ausgefallen?

Es klingelte unaufhörlich. Seufzend kletterte Emma aus dem Bett und holte das Telefon von der Kommode.

Das Kabel war gerade lang genug, dass sie den Apparat auf die Matratze stellen konnte.

»Sandra, du weißt doch, dass ich um diese Uhrzeit noch schlafe und überhaupt, müsstest du nicht eigentlich in der Uni sitzen und an Leichenteilen herumbasteln?«, nuschelte sie in den Hörer und ließ sich in die Kissen fallen.

»Verzeihen sie, Emma. Ich wollte sie keinesfalls wecken. Ihre Freundin sagte mir, ich sollte nicht zu früh anrufen. Ich nahm an, dass zwölf Uhr nicht früh sei«, sprach eine Männerstimme am anderen Ende der Leitung. Mr. Bond. Sie war wie erstarrt und vergaß sogar zu atmen.

»Emma?«, kam es zögerlich aus dem Hörer.

»Kilian sind sie das?«, fand sie ihre Stimme wieder.

»Oh gut. Sie erinnern sich an mich«, antwortete er. Sie war sich nicht sicher, ob er scherzte.

»Woher haben sie diese Nummer?«, fragte

Emma distanziert. Sollte er ein echter Agent sein, würde er am Ende noch vor ihrer Tür stehen. Vorsichtig lugte sie aus dem Fenster. Die Straße war leer.

»Ihre Freundin Sandra hat sie mir gestern gegeben. Ich war in der Bar, doch sie waren nicht dort.« Es klang beinahe ein wenig vorwurfsvoll. Als hätte sie ihm Hoffnungen gemacht, nur um ihn zu enttäuschen.

»Nun ja, ich war für die Spätschicht eingeteilt«, gab sie entschuldigend zurück und fragte sich im nächsten Moment, weshalb sie sich rechtfertigte. Dieser Mann war ein Fremder. Sie wusste nichts von ihm, außer seinen Namen und der war vermutlich nicht einmal richtig.

»Sie schulden mir noch ein Abendessen«, sagte er jetzt.

»Was?«, machte sie wenig klug.

»Beim letzten Mal haben sie mich stehen gelassen. Das müssen sie wieder gut machen«, behauptete er. »Darf ich sie um achtzehn Uhr an ihrer Wohnung abholen?«

»Nein«, schnaubte sie empört. Wie kam er auf die Idee, die Geschichte so darzustellen, als hätte sie ihn dazu überredet, mit ihr essen gehen zu wollen. Er hatte ihr ja gar nicht die Wahl gelassen.

»Gut, dann treffen wir uns dort«, entschied er.

»Wo?«, tat sie ihre Verwirrung kund und überlegte gerade, ob sie etwas verpasst hatte.

»Bei dem Chinesen, um achtzehn Uhr«, sagte er noch, bevor er auflegte.

Emma starrte eine Weile das Telefon an, als hätte es ihr soeben einen Streich gespielt.

Am Liebsten hätte sie ihn zurückgerufen, um ihm zu sagen, dass sie ihn nicht treffen würde. Aber sie hatte weder seine Telefonnummer, noch den Mumm dazu. So blieb ihr wohl nichts anderes übrig, als seiner Einladung zu folgen. Sie seufzte schwer. Ausgerechnet in ein so teures Restaurant wollte er gehen. Sie würde bis zum Ende des Jahres auf den Bus verzichten müssen, um diese Kosten wieder aufzuholen.

Sie schwang die Beine aus dem Bett und durchquerte ihr Schlafzimmer bis zum Kühlschrank. Es hatte eben auch Vorteile, in einer Einzimmerwohnung zu leben. Sie holte sich ein Glas Milch. Auf diesen Luxus müsste sie demnächst auch verzichten.

»Dann gibt es nur noch Leitungswasser«, sagte sie zu sich selbst und öffnete das Fenster.

In die Badewanne stieg sie trotzdem, auch wenn sie auf die Schallplatten verzichtete und das Wasser nicht zu heiß aufdrehte, um Geld zu sparen. Eine ganze Stunde blieb sie in der Wanne, bis das Wasser ganz kalt und ihre Haut aufgeweicht war. Dann wickelte sie sich in das größte Handtuch, das sie finden konnte und warf sich wieder auf ihr Bett.

Sie hatte heute frei und das wollte sie nutzen. Gegen fünfzehn Uhr schellte erneut ihr Telefon. Zögernd nahm sie den Hörer ab.

»Hallo?«, fragte sie vorsichtig und erwartete

schon Kilian zu hören, wie er ihr sagte, dass er sich das mit dem Treffen anders überlegt hatte.

»Emma? Bist du das?«, hallte Sandras Stimme durch die Leitung.

»Du hast ihm meine Nummer gegeben«, erwiderte sie streng. Einen Moment blieb es still und nur ein leises Knacken glitt durch die Verbindung.

»Er hat sich bei dir gemeldet? Das ist ja großartig«, jubelte Sandra und schien einen kleinen Freudentanz in ihrem Zimmer aufzuführen.

»Ganz und gar nicht. Ich habe keine Zeit für so-etwas. Und erst recht kein Geld. Er will chinesisch Essen gehen. Kannst du mir mal verraten, wie ich das bezahlen soll?«, holte sie ihre Freundin auf den Boden der Tatsachen zurück.

»Lass ihn zahlen«, schlug die lässig vor. „Ein aufreizendes Kleid, ein tiefer Ausschnitt und ein Lächeln, schon hast du ein Problem weniger.«

»Bist du verrückt? Gleich schlägst du noch vor, ich soll ihn anschließend mit zu mir nach Hause nehmen«, überlegte Emma.

»Nein. Wenn dann musst du mit zu ihm gehen und falls er irgendwelche eigenartigen Vorlieben hat, kannst du schnell abhauen«, riet Sandra ihr. Emma schüttelte den Kopf.

»So ein Treffen wird das ganz bestimmt nicht. Ich gehe mit ihm essen und danach sehe ich ihn nie wieder«, entschied sie.

»Wie du meinst. Treffen wir uns morgen vor der Arbeit im Park?«, wechselte Sandra das

Thema.

»Gerne. Mit oder ohne Sportschuhen?«, fragte Emma und hoffte inständig, dass sie vom Laufen verschont bliebe. Sie rannte oft genug ihrem Bus hinterher.

»Mit natürlich. Du willst Mr. Bond doch gefallen«, neckte ihre Freundin sie.

»Wir sehen uns morgen«, verabschiedete Emma sich und ließ den Hörer achtlos vom Bett baumeln. Ein leises Tuten verriet, dass Sandra aufgelegt hatte.

So hatte sie sich ihren freien Tag eigentlich nicht vorgestellt. Sie wollte den ganzen Tag im Schlafanzug herumlaufen und jetzt musste sie sich in ein Abendkleid und hohe Schuhe zwängen. Pfui.

Es war ja nicht so, dass sie schicke Kleidung nicht mochte, aber sie wollte ihren Körper nicht zu sehr daran gewöhnen, zurechtgemacht zu werden. Im Alltag fehlte ihr die Zeit dazu und zudem würde es auf der Arbeit einen völlig verkehrten Eindruck hinterlassen.

Viel zu spät stand sie um fünf nach sechs unten an der Bushaltestelle und hoffte, der Fahrer würde sie nicht wieder übersehen.

Natürlich war sie unpünktlich, wie sollte es anders sein. Sie hatte sich ewig mit ihren Haaren abgemüht und am Ende entschieden sie einfach wie immer zu lassen.

Sie hatte ihren Mantel in der Eile an der Garderobe vergessen, doch wenn sie jetzt hinaufging, würde sie über eine halbe Stunde auf den nächsten

Bus warten müssen. Ihr blieb nichts anderes übrig, als zu frieren. Immerhin verschonte der Himmel sie mit Regen und zu ihrer Überraschung hielt sogar der Bus an ihrer Haltestelle.

»Was habe ich doch für ein Glück«, murmelte sie und gab dem Fahrer das Geld für die Fahrt. Demnächst heißt es Ticket oder Mittagessen, dachte sie bei sich und setzte sich in die vorderste Reihe.

Es war nicht weit, bis zu dem Restaurant und so kam sie insgesamt nur eine Viertelstunde zu spät.

Mr. Bond wartete bereits vor der Tür. Er trug einen dunklen Frack und einen Hut. Sie erkannte ihn trotzdem sofort.

»Vielen Dank, dass sie gekommen sind, Emma. Ich hatte kurz Sorge, sie würden mich erneut alleine essen lassen«, lächelte er und nahm seinen Hut ab.

»Pünktlichkeit gehört nicht zu meinen herausragenden Fähigkeiten«, murmelte sie mehr zu sich selbst.

»Sie sehen hübsch aus«, überging er ihre Worte. Sie biss sich auf die Unterlippe.

»Wir sollten hineingehen«, überlegte er und bot ihr seinen Arm an. Sie wandte sich zur Tür. Er folgte ihr. Sie würde mit ihm Essen gehen und sonst nichts, rief sie sich in Erinnerung.

Die Wärme empfing sie und Emma war froh nicht länger in der Kälte stehen zu müssen. Wie hatte sie auch ihren Mantel vergessen können?

Ein Kellner führte sie zu ihrem Tisch. Es war

ein merkwürdiges Gefühl auf dieser Seite zu stehen. Als der Angestellte ihr auch noch den Stuhl zurückschob, hätte sie ihn beinahe gebeten, sich nicht solche Mühen zu machen. Immerhin verdiente sie vermutlich nicht einmal ein Drittel von seinem Gehalt.

Kilian nahm ihr gegenüber Platz und bestellte bereits eine Flasche Wasser, während er die Karte entgegennahm. Sie hatte noch nie in einem Restaurant gegessen, in dem es mehr als drei Gerichte zur Auswahl gegeben hatte. In den Wenigsten davon gab es Menükarten.

»Und was können sie mir empfehlen?«, fragte er sie schon wieder. Sie strich sich die Haare zurück und zuckte mit den Schultern.

»Ich kann nicht einmal die Karte lesen«, gab sie leise zu. Es war alles in chinesischen Schriftzeichen verfasst und die englische Übersetzung half ihr auch nicht weiter. Zwar konnte sie die Sprache ganz gut sprechen und verstehen, doch die meisten Worte dieser Speisen hatte sie nie gehört.

Als sie die Preise bemerkte, wünschte sie abermals, sie hätte es abgelehnt. Für ein einzelnes Gericht in diesem Etablissement, musste sie drei Nächte in der Bar arbeiten.

»Wie entscheiden wir dann, was wir bestellen?«, wollte er von ihr hören.

»Vielleicht suchen wir einfach das Günstigste aus.«, sprach sie ihren Gedanken aus. Wieder lachte er.

»Lassen sie das Geld meine Sorge sein. Immerhin habe ich sie heute morgen geweckt«, bedauerte er.

»Hätten sie nicht angerufen, wäre ich vermutlich den ganzen Tag im Bett geblieben«, gestand sie.

»Und jetzt sitzen sie hier«, sprach er.

»Ich stehe nicht gerne in jemandes Schuld«, merkte sie an.

Der Kellner brachte das Wasser und Kilian bestellte irgendetwas, dass sie selbst nicht hätte aussprechen können.

Rein aus Gewohnheit warf sie einen Blick auf die Uhr. Kurz nach halb sieben.

»Wollen sie mich erneut verlassen?«, fragte er.

»Nein. Ich… Entschuldigung«, stammelte sie. Es war sicher unhöflich, während des Essens auf die Zeit zu achten.

»Sie scheinen sehr gefragt zu sein«, stellte er fest.

»Nein, ich arbeite nur viel«, gab sie zurück. Er nickte knapp.

»Dann haben sie sicher nicht viel Zeit für ihren Freund«, vermutete er weiter. Er bot ihr die perfekte Vorlage, aber sie hatte keine Lust sich Geschichten auszudenken.

»Für eine Beziehung ist aktuell kein Platz in meinem Leben«, machte sie ihm klar. Sie wollte ihm keine Hoffnungen machen und sich selbst erst recht nicht. Sein gutes Aussehen hin oder her. Auch sein offenkundiges Interesse an ihrer Person würde sicher bald verfliegen.

»Das ist bedauerlich«, meinte er.

»Was machen sie beruflich?«, fragte Emma, die langsam das Gefühl hatte, er würde sie studieren, ohne dabei viel von sich selbst preiszugeben.

Genau in diesem Moment kam das Essen und lenkte sie von dem Gespräch ab.

Erst jetzt merkte ihr Magen, dass sie den ganzen Tag noch nichts zu sich genommen hatte.

Es schmeckte besser, als alles, was sie je probiert hatte.

Sie sprachen nicht viel, doch es war keinesfalls unangenehm, mit ihm an einem Tisch zu sitzen. Die reiche Gesellschaft um sie herum konnte sie einigermaßen vergessen. Erst als er sich irgendwann entschuldigte und zu den Toiletten ging, fiel es ihr wieder ein.

Nervös knibbelte sie an der Serviette herum. Die Teller und Gläser waren leer, so hatte sie nichts zu tun. Sie blickte sich um. Sicher sah man ihr an, dass sie normalerweise in anderen Kreisen verkehrte. Ihr letzter Restaurantbesuch lag Monate zurück. Ihr Vater hatte die Familie zu seinem fünfzigsten Geburtstag groß ausgeführt. Sie hatten gegessen, geredet und gestritten. So wie bei jeder Begegnung. Es war kein Geheimnis, dass ihre Eltern enttäuscht von ihr waren. Sie hatte es ihnen noch nie recht machen können.

Ein erneuter Blick zur Uhr verriet ihr, dass es fast Acht war. Wie schnell die Zeit vergangen war, dachte sie sich betrübt.

»Ich möchte ihnen nicht weiter ihre kostbare Zeit stehlen«, lächelte Kilian. Er stand neben ihr und hielt bereits seinen Mantel in der Hand.

»Was ist mit der Rechnung?«, fiel ihr nichts besseres ein, um noch ein wenig Zeit zu schinden.

»Ich sagte doch, dass sie sich darum keine Gedanken machen müssten«, erwiderte er und reichte ihr eine Hand.

Natürlich, dachte sie. Er hatte vermutlich auf dem Weg, zurück zum Tisch, bezahlt.

Emma erhob sich rasch und warf beinahe ihren Stuhl um. Gerade noch rechtzeitig hielt Mr. Bond ihn fest. Peinlich berührt verließ sie an seiner Seite das Lokal.

Vor der Tür empfing sie ein eisiger Wind und sanfter Nieselregen. Typisches Herbstwetter.

»Erlauben sie mir heute, dass ich sie mit dem Wagen nach Hause fahre?«, fragte er draußen.

Sie schüttelte hastig den Kopf und legte fröstelnd die Arme um den Körper. Er hatte schließlich schon den Abend bezahlt. Sie wollte nicht weiter zur Last fallen. Er ließ sich nicht anmerken, was in ihm vorging. Vielleicht war er ja auch erleichtert, sie loszuwerden.

Ohne Vorwarnung legte er ihr den schweren Stoff seiner Jacke um die Schultern, wobei er versehentlich ihren nackten Oberarm streifte. Es versetzte ihr einen leichten Schlag.

»Erlauben sie dann, dass ich mich für den netten Abend bedanke?«, fragte er sanft. Er war nur noch wenige Zentimeter von ihrem Gesicht entfernt. Sie spürte seinen warmen Atem auf ihrer Haut.

»In Ordnung.« Ihre Stimme war kaum mehr als ein Flüstern. Seine Nähe machte sie schwindelig. Seine Hände hielten noch immer den Saum des Mantels fest. Seltsamer Weise ging ein leichter Geruch nach Vanille von ihm aus. Sie zitterte, obgleich sie nicht fror.

Er beugte sich ein Stück nach vorne und küsste sie unverhofft. Überraschender als der Kuss selbst, war das Gefühl, welches er in ihr auslöste. Er war keinesfalls der erste Mann, den sie küsste und doch in diesem Moment kam es ihr so vor.

»Vielen Dank, Emma«, hauchte er gegen ihre Lippen, bevor er sich aufrichtete und seinen Hut aufsetzte.

»Und sie wollen wirklich nicht, dass ich sie noch ein Stück begleite?«, vergewisserte er sich. Sie brauchte eine Weile, bis sie ihre Stimme wiedergefunden hatte.

»Ich hatte nicht wirklich die Gelegenheit meine Wohnung aufzuräumen«, redete sie sich heraus. Eine absolute Lüge. Ihre vier Wände waren penibel gesäubert und strukturiert. Sie ging nie aus dem Haus, wenn auch nur ein benutztes Glas auf der Spüle stand.

Sie wollte einfach verhindern, dass er herausfand, dass sie auf nicht einmal zwanzig Quadratmetern wohnte. Schlimm genug, dass er wusste wo sie arbeitete.

»Dann trennen sich unsere Wege wohl hier«,

willigte er ein. Enttäuschung machte sich in ihrem Herz breit.

»Ich könnte mit zu ihnen kommen«, rutschte es ihr heraus. Am Liebsten hätte sie sich auf die Zunge gebissen, doch das würde ihre Worte auch nicht ungeschehen machen. Sie wusste selbst nicht so recht, woher dieser Gedanke kam. Sie hatte lange keine Verabredung mehr gehabt und er schien sich wirklich zu bemühen.

»Das würden sie wollen?«, fragte er offenbar überrascht.

»Wenn das ihrer geheimen Identität nicht schadet«, scherzte sie.

»Haben sie etwa vor mich auffliegen zu lassen?«, erwiderte er schlagfertig.

Was hatte das jetzt wieder zu bedeuten?

»Ähm«, war alles, was ihr einfiel.

»Mein Auto steht gleich da vorne«, tat er, als habe er es nicht bemerkt.

Sie hatte keine Ahnung von Autos, aber dieser Wagen kam dem des Filmhelden, den Sandra so vergötterte schon ziemlich nah.

Kilian, alias Mr. Bond, öffnete ihr galant die Beifahrertür und wartete, bis sie eingestiegen war. Er ging um den Wagen herum, setzte sich auf den Fahrersitz und ließ den Motor an.

»Sie sind mutiger, als manch ein Mann, Emma. Ich bin mir nicht sicher, ob ich das gutheißen kann«, meinte er und lenkte das Auto auf die Straße.

»Wie soll ich das verstehen?«, wollte sie wissen

und zog den dunklen Stoff seines Fracks enger um ihre Schultern.

»Sie laufen Nachts alleine durch die Straßen einer Großstadt und steigen zu fremden Männern ins Auto, um mit ihnen nach Hause zu fahren. Man könnte es als sehr gewagt bezeichnen«, stellte er fest.

»Wenn sie mir etwas Böses wollten, hätten sie sich nicht die Mühe gemacht, mit jemandem wie mir in ein teures Restaurant zu gehen«, gab sie schulterzuckend zurück. Ängstlich war sie tatsächlich nicht. Er lachte leise.

»Glauben sie wirklich, sie seien es nicht wert, dass man sich um ihre Aufmerksamkeit bemüht?«, fragte er förmlich. Das Licht der Straßenlaternen erhellte alle paar Meter sein schmales Gesicht. Sein Profil hätte gut in ein Modemagazin für den wohlhabenden Mann gepasst. Sie war sich nicht sicher, ob er reich war. Auch wenn sein Verhalten überwiegend diskret und distanziert war, wirkte er weder abgehoben noch arrogant.

»Ich bin Kellnerin in einer abgewirtschafteten Kneipe«, untermauerte sie ihre Meinung und steckte unauffällig ihre Nase in den rauen Stoff des Kragens. Eindeutig Vanille, bestätigte sie ihren ersten Eindruck.

»Ohne hübsche Mädchen wie sie, würde ein Großteil der Gäste sicherlich ausbleiben«, behauptete er jetzt. Sie lachte.

»Und ich dachte, sie kommen wegen des guten Essens zu uns«, tat sie bestürzt.

»Nicht wirklich«, murmelte er und verließ die Hauptstraße. Plötzlich fand sie sich in einer wesentlich teureren Wohngegend wieder.

Sie schwiegen, bis er irgendwann vor einem kleinen Wohnblock anhielt.

»Da wären wir«, bemerkte er überflüssiger Weise und stellte den Motor ab.

»Möchten sie noch mit hinaufkommen oder soll ich sie nun doch nach Hause fahren?«, informierte er sich. Mit einem Kopfschütteln öffnete sie die Türe und stieg aus dem Wagen. Er folgte ihrem Beispiel.

Vorsichtig legte er eine Hand auf ihren Rücken und geleitete sie zum Eingang.

»Hier wohnen sie und dann essen sie in einer schäbigen Bar?«, informierte sie sich. Er lächelte.

»Die Firma stellt mir alles zur Verfügung, was es zum Arbeiten und Leben braucht, aber ich hatte auch Glück, dass mich mein letzter Auftrag in ihre Gegend führte«, behauptete Kilian.

Obwohl es einen Aufzug gab, nahm er die Treppe in den zweiten Stock. Dort öffnete er die Wohnungstür, ließ sie zuerst eintreten und folgte ihr dann.

Ohne das Licht einzuschalten zog er seine Schuhe aus und ging an ihr vorbei. Emma blieb etwas verunsichert im Flur stehen und regte sich nicht. Ein leises Zischen ertönte und eine winzige Flamme tauchte auf. Er zündete eine Kerze an.

»Haben sie ihre Stromrechnung nicht bezahlt?«, scherzte sie.

»Es gibt ein paar Dinge, an die ich mich einfach nicht gewöhnen kann. Das Auto ist recht praktisch, aber dieses künstliche Licht gefällt mir nicht«, antwortete er, als sei es nicht ungewöhnlich sein Zuhause mit Kerzen zu beleuchten.

»Hmm«, machte sie nur, legte seine Jacke ab und streifte sich die Schuhe von den Füßen. Der Fliesenboden war kalt unter den nackten Zehen, aber das störte sie kaum. Im schwachen Licht ließ sie den Blick schweifen. Die Wände waren ebenso weiß, wie der Boden. Es gab weder Bilder, noch irgendwelche anderen persönlichen Dinge, die ihr etwas über den Charakter von Kilian hätten verraten können. Bis auf die Kommode und einen weiteren Schrank war der Flur leer. Sie bemerkte, wie ihr Gegenüber sie beobachtete. Er war groß und gut gebaut und erneut musste sie zugeben, dass allein seine Haltung attraktiv auf sie wirkte.

»Sie sind wirklich sehr hübsch«, sagte er schon wieder und kam auf sie zu. Für eine Sekunde wollte sie sich zurückziehen. Ihre bisherige Lebenserfahrung sagte ihr, dass es nicht richtig war, sich auf einen wildfremden Mann einzulassen, aber sie schaffte es nicht, sich gegen ihre Empfindungen zu wehren.

Sie würden sich nach dieser Nacht ohnehin nie wiedersehen. Also weshalb sollte sie dem Drang nicht ausnahmsweise nachgeben und es wenigstens für Heute auskosten? Ihr letzter intimer Kontakt zu einem Mann lag über ein Jahr zurück. Ihr Körper sehnte sich nach Zärtlichkeit.

Er strich ihr bedacht eine der unzähligen verirrten Haarsträhnen hinter das Ohr, berührte ihre Wange und ließ einen einzelnen Finger über ihren Hals gleiten. Das Blut pochte in ihren Adern. Sie wollte nicht, dass er aufhörte sie zu berühren. Es war ihr egal, ob er ein Fremder war. Vielleicht machte gerade das den Reiz aus.

Sein Blick ruhte auf ihren Lippen.

»Erlauben sie?«, holte er sich ihr Einverständnis. Unfähig zu sprechen, nickte sie schwach.

Dieser zweite Kuss kam weniger überraschend, aber ebenso intensiv, wie der Erste. Er dauerte eine kleine Ewigkeit und raubte ihr den Atem. Eine seiner kräftigen Hände lag in ihrem Nacken. Emma streckte sich ihm entgegen und wünschte sich, er würde sie mehr halten, doch er berührte sie kaum. Sie fühlte ihre Beine nicht mehr und als er seinen Mund von ihrem löste und seine Hand aus ihrem Nacken zog, schwankte sie leicht.

»Ich denke, ich sollte jetzt gehen«, besann sie sich. Wenn er sie weiter so küsste, würde sie sich all zu bald in ihn verlieben und das war vermutlich keine gute Idee.

»Natürlich. Sie sind sicher müde«, deutete er ihre Worte höflich.

»Ja«, hauchte sie, kehrte ihm den Rücken zu und hatte die Hand bereits auf der Klinke, die Schuhe noch immer in der Rechten. Wenn sie jetzt verschwand, würde sie sich ihr restliches Leben fragen, wie seine Haut wohl geschmeckt hätte und ob all seine Berührungen so sanft und elektrisierend waren. Sie würde kein Auge zu bekommen und ständig nur an ihn denken. Besser sie fand es sofort heraus. Sobald ihre Neugierde gestillt wäre, könnte sie sich wieder auf ihr normales, langweiliges Leben konzentrieren, zur Arbeit gehen, zeichnen und Geld verdienen.

»Was soll's«, dachte sie laut und drehte sich zurück. »Ich bleibe. Vermutlich fährt kaum noch ein Bus und zu Fuß wäre ich ewig unterwegs.«

Mr. Bonds dunkle Augen schienen ihr Gesicht zu studieren.

»Verstehe ich das richtig, dass sie über Nacht bleiben wollen?«, vergewisserte er sich.

»Nicht, wenn sie etwas dagegen haben«, warf Emma rasch ein, zupfte nervös an einer ihrer krausen Locken herum und starrte auf ihre nackten Zehen. Sie schienen unglaublich weit weg zu sein, ebenso wie ihre Wohnung. Wollte er, dass sie blieb? Daran hatte sie gar nicht gedacht. Vielleicht war sein Interesse an ihr verbraucht.

Sein Gesicht war unergründlich, als sie den Kopf hob.

»Ich weiß nicht, ob ich das verantworten kann, Emma. Diese Wohnung ist nicht klein, aber ich besitze kein Gästezimmer«, erklärte er.

»Das stört mich nicht«, versicherte sie ihm. Sie wollte nicht alleine in einem fremden Bett übernachten, sondern bei ihm.

»Sie verstehen nicht, wenn sie bleiben, könnte ich mich kaum zurückhalten«, flüsterte er und strich sacht über ihre Schulter, den Arm, bis hin zu ihrem Handgelenk. Sie schauderte.

»Ich verstehe sehr wohl«, wisperte sie ihre Antwort und griff nach seinen Fingern, bevor er sie zurückziehen konnte.

Kapitel 3

"Nichts wie weg"

Mr. Bond verschwendete keine Zeit damit, sie in der Wohnung herumzuführen, oder ihr zu zeigen, wo sich das Badezimmer befand. Er schob eine nahegelegene Tür auf und zog sie direkt in das Schlafzimmer. Sie spürte den Teppich unter den Füßen und hatte das Gefühl über Wolken zu laufen.

Das Licht einer Straßenlaterne fiel in den Raum und warf lange Schatten über den hellen Boden.

Emma machte sich nicht die Mühe ihre Umgebung zu erkunden. Ihr Blick galt ausschließlich Kilian, dem äußerst attraktiven Fremden, der sie ohne weiteres in ein teures Lokal ausgeführt und anschließend mit zu sich genommen hatte. Es war ihr egal, wie diese Geschichte nach außen hin wirkte. Sie war eine einfache Kellnerin mit viel zu wenig Geld und er hatte es von Anfang an gewusst. Sie hatte ihn um nichts gebeten und würde ihn auch nach dieser Nacht nicht mit Anrufen oder ähnlichem belästigen.

Sie wollte nur eines! Spüren, wie seine Haut sich auf ihrer anfühlte.

Mr. Bond vergrub seine riesigen Hände in ihren Haaren und hielt ihren Kopf, wie etwas zerbrechliches. Dieses Mal fragte er nicht nach der Erlaubnis sie küssen zu dürfen.

Während seine Lippen ihre umschlossen, ließ sie achtlos ihre Schuhe zu Boden fallen und schlang ihre Arme um seinen Oberkörper. Der seidige Stoff seines Hemdes fühlte sich an wie Wasser. Geschmeidig glitt er durch ihre Finger und trug die Wärme seiner Haut nach Außen.

»Ich möchte dich die ganze Nacht küssen, Emma«, hörte sie Kilian sagen. Sein Mund wanderte über ihren Hals und löste ein brennendes Verlangen in ihrer Körpermitte aus.

Ihre Finger verkrampften sich in seinem Hemd und sie schloss für einen Moment die Augen, um ihn noch intensiver zu spüren.

»Ich habe keine Einwände«, antwortete sie ihm leise. Seine Hände verließen ihr Haar und erkundeten ihren Rücken, dafür fanden seine Lippen die Ihren erneut.

Sie konnte sich nicht erinnern, sich jemals so sehr gewünscht zu haben, von einen Mann berührt zu werden.

Seine Finger fanden den Reißverschluss ihres Kleides und spielten an dem kleinen Zipper herum. Das alleine machte sie ganz kribbelig.

»Ob sie es mir wohl gestatten, sie dieses Kleides zu entledigen?«, wollte Mr. Bond wissen und öffnete bereits den Reißverschluss.

»Bitte«, wisperte sie nur und streichelte mit einer Hand über seinen Brustkorb, während die Andere sich an seine Krawatte klammerte. Die Träger glitten über ihre Schultern, sie befreite ihre Arme und beinahe lautlos rutschte das Kleid über ihre Hüften zu Boden. Die helle Spitze ihrer Unterwäsche schien im Licht der Straße zu leuchten und sie war froh heute Mittag ihren besten BH ausgesucht zu haben, auch wenn Kilian ihm keine größere Beachtung schenkte. Er hatte ihn so schnell und geschickt geöffnet, dass sie es kaum mitbekam. Das Kleidungsstück landete neben ihren Schuhen auf dem Boden.

Seine Hände spielten mit ihren Brüsten, während er sie wiederholt küsste. Bevor sie die Gelegenheit bekam, diesen einseitig geführten Tanz umzuleiten, packte er ihre Handgelenke und zog sie zum Bett. Die Laken empfingen ihren beinahe komplett nackten Körper. Ihr eigenes Bett war bei weitem nicht so bequem und es war fast eine Schande, dass sie nicht die Gelegenheit bekam, dieses Gefühl intensiver auszukosten. Aber eben nur fast…

Kilian streichelte ihren Körper, verteilte Küsse auf ihrem Bauch und ließ seine Lippen über ihren Slip zur Innenseite ihrer Oberschenkel wandern. Leise seufzend wand sie sich unter seinen Berührungen.

Sie vergrub die Nägel tief in der Matratze.

Für eine Sekunde ließ er von ihr ab, um ihr auch noch das letzte Stückchen Stoff zu rauben. Sie nutzte die Gelegenheit seiner Unachtsamkeit, um sich aufzurichten.

»Sie geben mir gar keine Chance mitzuhalten«, murmelte sie, kniete sich vor ihm hin und fing langsam an die Knöpfe seines Hemdes zu öffnen.

»Ich habe sie gewarnt, dass ich mich nicht zurückhalten könnte«, erinnerte er sie.

Endlich hatte sie es geschafft seine Brust zu entkleiden. Er hatte mehr Muskeln, als sie durch seine Anzüge erahnt hätte. Durch das hereinfallende Licht schien seine Statur wie gemalt. Jeder Millimeter war perfekt und selbst die Narbe an seinem Oberarm wirkte wunderschön. Mit dem Zeigefinger strich sie darüber.

Er griff nach ihrer Hand und umschloss sie. Sie sah zu ihm auf und erwartete, dass er etwas zu der ehemaligen Verletzung sagen oder sie für diese Berührung tadeln würde, doch sein Blick war sanft.

»Sie sind eine Versuchung, Emma«, raunte er und kletterte über sie, so dass sie gezwungen war, sich erneut in die weichen Kissen fallen zu lassen.

Sie spürte seinen Griff in ihrer Leiste. Beinahe zärtlich schob er ihre Beine auseinander und strich mit dem Daumen über ihre feuchte Mitte.

Ein Stöhnen entglitt ihr, was ihn weiter zu erregen schien.

Trotz der Dunkelheit bemerkte sie die Wölbung unter seinem Stoff und sie konnte ihre Augen nicht von ihm lassen, als er den Gürtel öffnete und sich von der Hose befreite.

Hitze stieg in ihr auf. Er war komplett nackt über sie gebeugt und an Schönheit nicht zu übertreffen. All ihre Zweifel, ob es nun klug gewesen war, seiner Essenseinladung nachzukommen, oder anschließend mit ihm nach Hause zu fahren, waren wie weggeblasen. Dieser Anblick war es wert. Erneut tasteten seine Hände nach ihr.

»Ich möchte sehen, wie du kommst«, sprach er und führte zeitgleich einen seiner Finger in sie ein. Ein weiteres Stöhnen und ein leichtes Aufbäumen ihrerseits verrieten ihm, dass er auf einem guten Weg war. Sie schloss die Augen nur ungern, aber er machte sie ganz verrückt mit diesen Berührungen.

Sein Finger schob sich langsam, beinahe schmerzlich vor und zurück, während seine zweite Hand eine ihrer Brüste umschloss.

Sie klammerte sich an seinen Oberarm und streckte sich ihm weiter entgegen.

»Bitte«, flehte sie, als er seinen Finger beinahe komplett herauszog und für einen Atemzug an ihrem Eingang verweilte.

Mit dem nächsten Stoß waren es zwei. Sie keuchte, aber wieder entfernte er sich.

Sie öffnete die Augen und erkannte, wie er eine Kondompackung aus dem Nachttisch hervorzog und aufriss.

Gleich würde sie erfahren, wie es war diesen Mann komplett zu spüren. Ihr Atem ging schnell und ihr Herz raste jetzt, als wollte es einen neuen

Rekord an Schlägen aufstellen.

Sein Blick traf auf ihren. Er lächelte, als könnte ihn nichts glücklicher machen, wie ihr Anblick. Dann beugte er sich über sie und gab ihr endlich, wonach ihr Körper verlangte.

Kilian drängte sich zwischen ihre Schenkel und sie nahm ihn begierig auf. Die Feuchtigkeit machte es ihm ganz leicht, tief und schnell in sie zu gleiten. Sie krallte sich in seine Schultern. Bestimmt hinterließ sie Spuren darauf, doch er schien es nicht zu bemerken.

»Emma, du bist unglaublich heiß«, drang seine Stimme zu ihr vor. Sie hörte es kaum. Sie hätte auch keine Luft gehabt, um zu antworten. Sie keuchte im Rhythmus seiner Bewegung und spürte bereits wie ihr Verstand ihren Körper verließ. Der Orgasmus rollte schneller über sie hinweg, als sie es für möglich gehalten hätte.

Sie biss sich auf die Lippe, um nicht zu schreien, wodurch ihr ein merkwürdiger gepresster Laut entwich.

Ein Zucken ging durch ihren Körper und brachte auch Kilian zu seinem Höhepunkt. Er presste sich feste gegen ihr Becken, bevor er ein Stück über ihr einknickte. Vielleicht hatte er Sorge sie zu erdrücken, denn er rollte sich rasch auf die Seite und blieb schwer atmend neben ihr liegen.

Eine Weile blieb es still in dem dunklen Zimmer. Dann richtete Kilian sich auf und betrachtete sie.

»Ich habe nie etwas Schöneres gesehen«, entschied er. Daraufhin kletterte er aus dem Bett und verschwand auf dem Flur. Sie hörte das leise Plätschern eines Wasserhahns.

Die Müdigkeit kehrte schwer in ihre Glieder ein. Sorglos drehte sie sich auf die Seite, zog sich die wunderbar duftende Decke über den nackten Körper und schloss die Augen.

Als sie wieder erwachte, wusste sie zunächst nicht, wo sie war. Sie verspürte jedoch das dringende Bedürfnis eine Toilette aufzusuchen. Sie drehte sich um und erblickte das Gesicht von Kilian in der Dunkelheit. Er schlief und wirkte völlig entspannt. Der gestrige Abend kehrte zurück. Ihr Abendessen und der Sex. Sie kniff die Augen zusammen und biss sich auf die Lippe.

Was hatte sie nur getan?

Draußen war es finster. Die Laterne war aus und auch sonst fiel nur wenig Licht ins Schlafzimmer.

Emma richtete sich leise auf. Wie spät es wohl war?

Ihre Füße berührten den Teppichboden. Sie stand auf und tastete nach ihren Sachen.

Was sollte sie tun? Hierbleiben und auf den nächsten Morgen warten? Und dann?

Sie hatte sich geschworen, dass es nur diesen einen Abend geben würde und daran musste sie sich halten. Es war absolut undenkbar, bis zum Morgen neben Mr. Bond zu liegen und dann gemeinsam mit ihm aufzustehen. Auch wenn es ihr gefiel. Sie hatte ihm bestätigt, dass sie keine Zeit für jegliche Beziehung hatte und er würde sich darauf verlassen.

Mit einem letzten Blick auf seinen perfekten Körper schlüpfte sie auf den Flur hinaus. Die Kerze brannte noch. Ziemlich leichtsinnig, schoss es ihr durch den Kopf.

Sie nutzte das Licht, um sich anzuziehen und ihre Tasche zu suchen.

Konnte sie es riskieren das Badezimmer ausfindig zu machen und die Toilette zu benutzen, oder würde sie ihn damit wecken.

Egal. Sie musste es probieren. Sie nahm die kleine Kerze und öffnete die erste Tür. Das Wohnzimmer. Sie schloss es wieder ohne sich länger umzusehen. Bloß nicht zu viele Erinnerungen schaffen, dachte sie sich. Die zweite Tür. Küche. Sie stockte in ihrer Bewegung. Der Lichtkegel war auf etwas glänzendes getroffen, das auf dem Tisch lag.

Emma machte einen Schritt in den Raum, um sich zu vergewissern, dass ihre Augen ihr einen Streich spielten.

Auf dem Esstisch lag eine Pistole. Sie hielt den Atem an. Bisher hatte sie soetwas nur im Kino gesehen, doch sie war sich sicher, dass diese Waffe echt war.

Sie stolperte zurück in den Flur. Ihr Herz raste, dieses Mal vor Angst. Sie war keine ängstliche Frau, aber dieses Bild verstörte sie. Wie kam sie auch auf die Idee, mit einem völlig fremden Mann zu schlafen, der Geld zu besitzen schien und zum Essen in eine Kneipe ging. Sie stellte mit zitternder Hand die Kerze auf die Kommode und drehte sich zur Wohnungstür. Nichts wie weg.

Sie hastete die Stufen hinunter und stolperte in die Nacht. Es war eiskalt, aber das war kein Vergleich zu der Kälte in ihrem Inneren.

Sie schlüpfte in ihre Absatzschuhe und sah sich um. Eine Bushaltestelle gab es nicht, stattdessen eine Telefonzelle.

Sie hatte bereits Sandras Nummer gewählt, doch sie hängte den Hörer wieder auf, bevor es klingelte. Es war mitten in der Nacht. Sicher, ihre Freundin würde kommen, aber sie musste selbst früh aufstehen, für die Uni.

Wen konnte sie anrufen? Ihre Eltern? Ausgeschlossen. Toni? Nein, er würde sie auf ewig damit aufziehen und das Letzte, was sie gebrauchen könnte, war als nächstes in seiner Schuld zu stehen.

Seufzend fiel ihr Blick auf die Nummer eines Taxiunternehmens. Es würde teuer werden, aber eine andere Wahl hatte sie kaum. Ziellos durch fremde Straßen irren, war keine Option. Sie hatte heute einen Fehler gemacht, aber deshalb war sie noch lange nicht dumm. Ein paar vorgetäuschte Tränen konnten ihr vielleicht einen Bonus einspielen. Sie wählte die Nummer des Unternehmens.

Lange warten musste Emma nicht. Scheinbar völlig aufgelöst tischte sie dem Fahrer eine wirre Geschichte auf, dass sie nicht ganz freiwillig hergebracht worden wäre, sich nicht auskennen würde und unbedingt nach Hause wollte.

»Soll ich sie zur Polizei fahren?«, informierte er sich. Sie schüttelte hastig den Kopf.

»Ich möchte nur nach Hause«, schluchzte sie und nannte ihm die Adresse.

Sein Mitleid war offenbar geweckt und er bot an, nur die Hälfte des Preises zu verlangen. Es tat ihr fast leid, ihm etwas vorzuspielen, aber ihr Geldbeutel würde es ihr danken.

Während der Fahrt fielen ihr immer wieder die Augen zu.

Endlich zurück in ihren eigenen vier Wänden, zog sie die Schuhe aus und warf sie wütend gegen die Wand. Es war vier Uhr früh. In spätestens einer Stunde würde ihr Wecker klingeln. Um sechs musste sie bei Herrn Büttner sein. Naja, die Arbeit würde sie ablenken.

Sie lief ins Bad. Dass sie eigentlich zur Toilette gemusst hatte, war ihr in der Aufregung völlig entfallen.

Sie putzte sich die Zähne, kletterte in die Badewanne und versuchte die letzte Nacht von ihrer Haut zu waschen. Es gelang ihr nicht ganz. Immer wieder tauchte sein Bild vor ihr auf und sie spürte seine Berührungen auf ihrem Körper. Hitze stieg in ihr auf. Sie drehte das Wasser eiskalt und rieb anschließend mit einem der rauen Handtücher über die Stellen ihrer Haut, wo Kilian sie angefasst hatte. Es waren einfach zu viele. Seufzend zog sie sich an und steckte ihre Haare zu einem festen Dutt zusammen. Heute würden sie ihr nicht ins Gesicht fallen. Sie ging zum Kühlschrank und machte sich ein Brot. Hunger hatte sie eigentlich keinen, aber sie hatte noch zehn Minuten Zeit und fürchtete sich vor ihren Gedanken, wenn sie nichts zu tun haben würde.

Wozu besaß er eine Waffe? War das überhaupt erlaubt? Zum Glück hatte er sie nicht dabei gehabt, während des Essens.

Wenn sie eine Pistole in seiner Jacke gefunden hätte, wäre sie niemals mit ihm nach Hause gegangen. Sie ging noch einmal ins Bad, um sich die Zähne zu putzen, aber irgendwie wollte sein Geschmack einfach nicht verschwinden. Sie seufzte schwer und packte ihre Tasche. Bis zur Wohnung von Herrn Büttner lief sie ca. zwanzig Minuten. Lange genug, um den letzten Abend immer wieder in Gedanken durchzugehen.

Sie klingelte.

»Morgen«, brummte Herr Büttner grimmig. Er war kein sonderlich freundlicher Zeitgenosse und beschwerte sich über alles und jeden.

Sie mochte ihn trotzdem. Er hatte gute Menschenkenntnisse und stets ein offenes Ohr.

»Ich wünsche ihnen ebenfalls einen wunderschönen guten Morgen«, lächelte sie.

»Haben sie wieder einen Clown gefrühstückt,

Emma? Immerhin kommen sie nicht zu spät«, merkte er an.

»Sie sagen doch immer, Pünktlichkeit ist die Höflichkeit der Könige«, zitierte sie den alten Mann. Er brummte und ließ sie eintreten.

Sprichwörter waren das Einzige, was ihn zu erheitern schien.

Sie zog die Schuhe aus, hängte ihre Jacke und die Tasche an die Garderobe und griff nach dem Putzeimer. Schweigend fing sie an sauber zu machen.

»Haben sie wieder die ganze Nacht gearbeitet? So still sind sie doch selten«, bemerkte Herr Büttner und beobachtete sie vom Sofa aus.

»Nein. Ich hatte gestern frei, aber ich habe etwas Dummes getan«, flüsterte sie.

»Machen sie sich nichts draus. Für jede Dummheit findet sich einer, der sie macht«, erwiderte er. Sie lachte.

»Ich wünschte dennoch, ich hätte es nicht getan«, murmelte sie.

»Wenn es um einen Mann geht, wird er ihnen verzeihen. Sie sind ein gutes Mädchen, Emma. Ihnen wird man jeden Fehler verzeihen«, behauptete er.

»Ich bin mir nicht sicher, ob ich mir selbst verzeihen kann«, lächelte sie.

»Sich selbst zu besiegen, ist der schönste Sieg«, antwortete er.

»Ich fürchte, ich bin zu müde für ihre Weisheiten, Herr Büttner«, entschuldigte sie sich.

»Darf ich sie dennoch bitten, mir eine Schachtel Zigaretten und eine Zeitung am Büdchen zu holen?«, fragte er.

»Aber sicher doch«, nickte sie. Jeden Dienstag Morgen holte sie ihm die Zeitung und meistens eine weitere Kleinigkeit.

Es war kurz nach sieben und sie war etwas überrascht die Sonne zu sehen. Sie war ein seltener Gast zu dieser Jahreszeit. Emmas Laune hob sich schlagartig und beinahe konnte sie vergessen, was letzte Nacht passiert war. Beinahe.

Das Büdchen war gleich gegenüber. Sie hatte sich nicht einmal die Mühe gemacht, ihre Jacke anzuziehen.

»Guten Morgen, Emma«, sprach sie jemand von der Seite an, während sie das Geld für die Zeitung und die Zigaretten auf den Tresen legte. Sie zuckte zusammen. Für einen Augenblick glaubte sie, Kilian hätte sie gefunden, doch es war nur Toni der plötzlich neben ihr stand.

»Oh, hallo«, machte sie.

»Seit wann rauchst du?«, wollte er wissen.

»Die sind für Herrn Büttner«, gab sie knapp zurück.

»Der alte Griesgram, von dem du immer erzählst? Wusste gar nicht, dass er hier wohnt. Ich dachte, er würde eher in einem edleren Viertel leben«, merkte Toni an.

»Unsinn. Denkst du so jemand würde mir einen Job geben?«, fragte sie.

»Hast ja recht«, brummte er. »Was machst du

nach der Arbeit?«, hakte er nach.

»Ich treffe mich mit Sandra im Park. Das machen wir meistens vor der Inventur«, erinnerte sie ihn daran, dass sie sich später in der Bar sehen würden. Er nickte.

»Ich muss wieder hinauf«, sagte sie schnell bevor er auf die Idee kam, sie mit weiteren Belanglosigkeiten aufzuhalten.

»Gut. Bis später, Em«, verabschiedete er sich.

»Wie siehst du denn aus?«, empfing ihre beste Freundin sie auf einer Bank sitzend.

»Was?«, machte Emma verwirrt.

»Deine Haare. Was hast du ausgefressen? So stramm bindest du sie dir nur zurecht, wenn du ein schlechtes Gewissen hast, oder deine Eltern zu Besuch kommen«, durchschaute Sandra sie sofort.

»Ich habe nichts ausgefressen«, verteidigte sie sich und verschränkte die Arme. Sandra kicherte.

»Komm, wir laufen ein Stückchen und dabei erzählst du mir von deinem Essen mit dem geheimnisvollen Agenten«, grinste sie. Emma verzog das Gesicht.

»Ich werde ihn nicht wieder treffen«, stellte sie gleich zu Beginn klar.

»Ja, ja, schon verstanden. Du bist unnahbar«, witzelte Sandra.

»Das ist mein Ernst«, untermauerte Emma ihre Aussage.

»War er nett zu dir?«, hakte ihre Freundin nach.

»Ja«, brummte Emma und verdrehte die Augen.

»Und küsst er gut?«, zog Sandra sie auf. Emma schnaubte nur. Sandra kicherte.

»Wo liegt das Problem? Hat er dich stehen gelassen?«, bohrte sie weiter. Emma schüttelte den Kopf. Wahrscheinlich wäre es besser gewesen, wenn er das getan hätte, schoss es ihr durch den Kopf.

»Du weißt, dass ich keine Beziehung will. Außerdem... irgendetwas stimmt nicht mit ihm. Er hat eine Pistole«, sprach sie diesen quälenden Gedanken aus. Sandra blieb stehen.

»Im Ernst?«

»Ja. Glaubst du, ich denke mir soetwas aus?«, gab Emma zurück.

»Und wozu hat er sie?«, fragte Sandra weiter. Emma zuckte mit den Schultern.

»Wieso hast du nicht gefragt? Ich hätte es wissen wollen«, behauptete ihre Freundin und setzte ihr Laufen fort.

»Bist du verrückt? Er weiß nicht, dass ich sie gesehen habe. Hätte ich ihn wecken sollen? *Sag mal Kilian, wozu hast du eine Waffe in der Küche? Bist du ein Serienmörder und ich dein nächstes Opfer*?«, sagte sie mit verstellter Stimme.

Erneut war Sandra stehen geblieben.

»Emma, Emma«, tadelte sie mit erhobenem Zeigefinger, wobei sie frech grinste. »Du bist mit ihm nach Hause gegangen?«

Sie spürte, wie sie rot wurde. Diesen Teil der Geschichte hatte sie eigentlich lieber für sich behalten wollen.

»Ich… also, weißt du…«, stammelte sie.

»Kilian also… nicht Bastian? Oder ist er vielleicht doch ein Geheimagent? Das würde zumindest die Pistole erklären«, grinste Sandra. Emma legte ihr eine Hand auf den Mund und sah sich besorgt um. Sie wollte nicht, dass jemand von den anwesenden Spaziergängern ihrem Gespräch lauschte.

»Ich habe keine Ahnung, ob das wirklich sein richtiger Name ist. Ich weiß gar nichts von ihm«, flüsterte sie.

»Du weißt, wie er nackt aussieht«, neckte Sandra sie. Dafür jagte sie ihre Freundin durch den Park und kitzelte sie, bis sie laut kreischte und die ersten Leute sich besorgt zu ihnen umdrehten.

»Was tust du, wenn er dich wiedersehen will?«, fragte Sandra jetzt.

»Das kann ich mir eigentlich nicht vorstellen. Ich habe ihm gesagt, dass ich keine Zeit für eine Beziehung habe«, meinte sie gleichgültig und spürte zugleich den Wunsch in sich aufleuchten, dass er sie erneut aufsuchen würde.

»Ja und dann hast du mit ihm geschlafen«, erinnerte Sandra sie.

»Na und? Ich bin auch mitten in der Nacht aus seiner Wohnung geflüchtet, ohne eine Nachricht zu hinterlassen«, offenbarte Emma. Wenn das mal kein eindeutiges Signal war. Er würde kaum glauben, dass sie Interesse an ihm hatte.

»Du könntest auch in einem Bondfilm mitspielen«, kicherte Sandra.

»Oh ja, ich wäre das Opfer, welches man erschossen auf der Straße finden würde«, gab Emma sarkastisch zurück.

»Nicht, wenn dich dein Mr. Bond vorher retten würde.«

»Ach hör schon auf, Sandra«, lachte Emma. Ihre Freundin war verrückt.

»Wir müssen sowieso los. Es ist fast dreizehn Uhr. Gustav schmeißt uns noch raus, wenn wir wieder zu spät kommen«, behauptete sie, obwohl sie Beide wussten, dass es nicht stimmte. Der Wirt war froh, dass sie für ihn arbeiteten. Bis auf die Pünktlichkeit waren sie zuverlässig, beschwerten sich nie und waren freundlich zu den Kunden.

»Emma, kannst du mit Toni im Keller anfangen und Sandra mit der Kasse?«, teilte Gustav ihnen sogleich ihre Aufgaben zu. Einmal im Monat zählten sie jedes Fass, jede Flasche und was sonst noch an Vorräten im Keller der Bar lagerte. Es war keine schwere Arbeit, aber sie war zeitaufwendig und deshalb mussten alle mithelfen.

»Gehst du mit mir ins Kino, wenn wir hier fertig sind?«, fragte Toni hoffnungsvoll, während sie die erste Kiste voller Flaschen aus dem Regal zog.

»Ich habe keine Lust«, erwiderte Emma wahrheitsgemäß und zählte die verschlossenen Flaschen.

»Achtzehn«, teilte sie ihm mit.

»Du hast nie Lust auf Kino«, klagte er und machte sich eine Notiz.

»Warum fragst du dann ständig?«, erkundigte sie sich gelangweilt und zählte die Fässer.

»Fünf kleine, sieben große«, gab sie weiter.

»Ich kann mir nichts anderes leisten. Konzerte sind zu teuer und Tanzen gehen willst du auch nicht«, schmollte er jetzt.

»Dann frag doch Sandra. Sie geht ständig ins Kino«, wies sie ihn daraufhin. Er lachte.

»Ja, mit ihrem Freund«, argumentierte er.

»Ich bin auch schon mit ihnen unterwegs gewesen. Er ist nett«, informierte Emma ihn.

»Ich will aber nicht, alleine mit einem verliebten Pärchen ins Kino.«

»Dann such dir eine Freundin«, seufzte sie nur und begann zum dritten mal die Konserven zu zählen.

»Achtundvierzig«, sagte sie.

»Sei du doch meine Freundin«, bettelte er jetzt fast.

Sie kletterte auf eine Trittleiter, um in die oberen Regale sehen zu können.

»Ich habe dir doch schon erklärt, dass es nicht geht. Ich habe zwei Jobs und versuche alles daran zu setzen, endlich an dieser blöden Kunstschule angenommen zu werden. Außerdem bist du nicht mein Typ«, fügte sie leicht genervt hinzu.

»Was ist dann dein Typ? Dieser Bastian Falkner etwa? Er sieht aus, wie ein Schläger. Vermutlich ist er grob zu Frauen«, überlegte Toni laut. Sie vergaß weiterzuzählen. Kilian war überhaupt nicht grob. Er war höflich, zuvorkommend und sanft. Sie war nie zuvor mit mehr Weichheit berührt worden.

Eine der Flaschen fiel zu Boden und riss sie klirrend aus ihren Gedanken. Die Scherben flogen durch den Raum und der Inhalt spritzte bis zu ihr nach oben.

»Mensch, Em. Pass doch auf«, schimpfte Toni und wischte sich mit dem Ärmel über das Gesicht.

»Tut mir leid«, murmelte sie, sprang von der Stufe und fing an die Scherben aufzusammeln.

Natürlich schnitt sie sich in den Finger.

Toni schob sie bei Seite und fegte den Rest auf ein Kehrblech, während sie ihren blutenden Finger in den Mund schob.

»Nur weil du nicht mit mir ausgehen willst, musst du nicht gleich Glas nach mir werfen«, zog er sie auf und wischte die Flüssigkeit mit einem Lappen auf.

»Alles in Ordnung?« Sandra kletterte die Leiter herunter.

»Em hat nur versucht mich ins Krankenhaus zu befördern«, versuchte Toni lustig zu sein.

»Bei deinem Holzschädel braucht man mehr, als eine Bierflasche«, konterte Sandra.

Er grummelte etwas Unverständliches, drückte Sandra den Notizblock in die Hand und verschwand mit den Scherben nach oben.

Sie kamen schnell voran. So war es noch keine fünfzehn Uhr, als Emma schon in ihrem Bus nach Hause saß. Zum Glück musste sie heute nicht in der Kneipe aushelfen. Sie hatte entgegen ihrer Aussage etwas Sorge, Kilian könnte doch in der Bar auftauchen und erneut nach ihr fragen. Zumindest Heute musste sie sich keine Gedanken mehr um ihn machen.

Das vertrieb sein Gesicht zwar keinesfalls aus ihrer Vorstellung, aber die Probleme konnte sie ausklammern. Beinahe verpasste sie ihren Ausstieg, weit weg in Erinnerung an seinen nackten Körper auf ihrer Haut. Sie erschauderte und sprang auf die Straße.

Oben in ihrer Wohnung schmiss sie ihre Tasche achtlos auf das unbenutzte Bett und befreite sich von ihren Schuhen. Sie legte eine ihrer Lieblingsschallplatten auf und zog einen Topf aus dem Schrank.

Vor Schreck stieß sie die Wasserflasche von der schmalen Küchenzeile, als ihr Telefon schellte.

Das war bereits die zweite Heute, ging es ihr durch den Kopf. Sie starrte das Telefon an, als könnte sie so erfahren, wer versuchte sie anzurufen. Sandra arbeitete und zudem wusste sie, dass Emma sich nach der Arbeit erst einmal hinlegen würde. Ihre Eltern riefen nie unter der Woche an. Und sonst bekam sie eigentlich auch keine Anrufe. Konnte es Kilian sein?

Sie rührte sich nicht. Erst als das Klingeln verstummte, merkte sie, dass sie sogar den Atem angehalten hatte.

Sie entsorgte die Scherben und wandte sich wieder ihrem Essen zu. Es klingelte kein weiteres

Mal und sie kam zu dem Schluss, dass wer auch immer am anderen Ende der Leitung gewesen war, sich nur verwählt hatte.

Sie beeilte sich mit der Hausarbeit und lag schließlich um achtzehn Uhr im Bett. Dort brauchte sie eine Ewigkeit bis sie eingeschlafen war. Immer wieder tauchten seine Augen vor ihr auf.

Kapitel 4

"Unerwünschter Besuch"

Ihr Wecker klingelte um fünf. Regen prasselte gegen das Fenster und sie fühlte sich wie gerädert. Sie kämpfte sich aus dem Bett und machte sich einen Kaffee. Vielleicht wurde sie ja krank.

»Unsinn, stell dich nicht so an«, wies sie sich zurecht. Er war nur ein Mann und das Leben ging weiter.

Emma trank einen Schluck aus ihrer Tasse und zog sich an. Den Mantel bis unters Kinn geschlossen und die Kapuze tief im Gesicht, verließ sie die Wohnung.

Obwohl sie pünktlich war, wartete Frau Siebers bereits mit geöffneter Haustüre auf sie. Der Duft von Marmelade und frischen Brötchen empfing sie.

»Haben sie mir etwa erneut Frühstück gemacht«, fragte Emma lächelnd. Frau Siebers nickte.

»Natürlich, Kindchen. An ihnen ist ja kaum ein

Gramm dran«, entschied sie und schob Emma in die Küche, sobald sie ihren Mantel abgelegt hatte.

»Vielen Dank«, murmelte Emma, während sie sich setzte.

»Sie tun so viel für Andere, da muss es auch jemanden geben, der sich hin und wieder um sie kümmert.«

»Sie wissen doch, dass es meine Arbeit ist«, erinnerte Emma sie.

»Sie werden dafür bezahlt, einmal in der Woche für mich einkaufen zu gehen und an einem zweiten Tag für zwei Stunden meine Wohnung zu putzen und trotzdem waren sie letzte Woche beinahe täglich hier und haben mir mit den Unterlagen geholfen«, stritt die ältere Dame ab.

»Essen sie schon«, fügte sie mit liebevoller Strenge hinzu.

»Danke«, wiederholte Emma leise. Sie hatte sich immer vorgestellt eine Mutter oder wenigstens eine Oma zu haben, die so war, wie Irene Siebers.

Nach dem Essen putzte sie die Fenster, wischte den Boden, saugte alle Teppiche und bezog das Bett frisch.

»Frau Siebers? Ich wäre fertig. Brauchen sie noch etwas?«, informierte sie sich, bevor sie die Wohnung verließ.

»Nein, Danke«, erwiderte die ältere Dame.

»Dann sehen wir uns am Freitag wieder, gegen dreizehn Uhr?«, vergewisserte sie sich. Frau Siebers nickte.

Vor ihrer Wohnung wurde sie überrascht.

»Jakob. Was tust du denn hier?«, fragte sie ihren Bruder. Sein letzter Besuch lag über ein Jahr zurück.

»Hallo Emma«, grüßte er sie ohne die Spur eines Lächelns und reichte ihr einen Umschlag. Er wog schwer.

»Was ist das?«, wollte sie wissen.

»Keine Ahnung, deshalb bin ich nicht hier. Das hat der Briefträger mir vor einer halben Stunde in die Hand gedrückt. Können wir hineingehen?«, bat er. Die Erwähnung, dass er seit über einer halben Stunde auf sie wartete, erweckte den Eindruck, sie hätte ihre Verabredung verpasst.

Er hätte sich ja ankündigen können, dachte sie im Stillen. Emma öffnete ihm die Tür.

»Wow, ich hätte echt gedacht, dass du mittlerweile mal weitergekommen wärst. Du arbeitest doch den ganzen Tag und trotzdem kannst du dir nichts Besseres leisten? Oder willst du mir erzählen, dass du so sehr an dieser winzigen Bruchbude hängst«, kommentierte er und setzte sich auf ihr Bett. Ein Sofa besaß sie nicht.

Emma ignorierte die Sticheleien ihres älteren Bruders, warf den Umschlag und ihre Tasche neben ihn auf die Decke und hängte ihre Jacke weg.

»Erzähl schon. Weshalb bist du hier? Hat unsere Mutter dich geschickt?«, überlegte sie. Ihre Mutter hätte es gerne gesehen, dass sie und Jakob sich besser verstanden hätten. Aber er war ihr zu arrogant und sie ihm zu träumerisch.

Bevor er etwas erklären konnte, klingelte ihr Telefon. Schon wieder. Sie ignorierte es und setzte sich auf die schmale Küchenzeile.

»Willst du nicht rangehen?«, fragte ihr Bruder. Sie schüttelte den Kopf, wobei ihr die Haare ins Gesicht flogen.

Jakob seufzte und ging zum Apparat.

»Du bist furchtbar, Emma«, bemerkte er, während er bereits den Hörer in der Hand hielt.

»Hallo«, meldete er sich wenig höflich.

Aber ich bin furchtbar, dachte sie böse und wartete ab, was passierte.

»Ja, das ist Emmas Nummer«, bestätigte er. »Und ihr Name war? Aha, Bastian Falkner«, wiederholte Jakob und blickte sie fragend an. Hastig schüttelte sie den Kopf, damit er behauptete, sie sei nicht da. Das Herz schlug ihr bis zum Hals. Was er wohl wollte?

»Tut mir leid, sie ist gerade wieder einmal super zickig. Versuchen sie es später nochmal, vielleicht hat sie sich bis dahin beruhigt«, sagte ihr Bruder genervt.

»Machen sie sich nichts draus. Mich lässt sie auch ständig stehen und ignoriert tagelang meine Anrufe«, setzte er oben drauf. Am Liebsten hätte sie ihm den Hörer aus der Hand gerissen und ihn damit geschlagen. Einmal war sie mitten im Gespräch gegangen und da war er selbst Schuld gewesen.

»Auf Wiederhören«, verabschiedete Jakob sich, bevor er aufhängte.

»Musste das sein?«, wollte sie wissen. Er zuckte mit den Schultern.

»Du hättest doch selbst mit ihm sprechen können«, verteidigte er sich.

»Hättest du nicht wenigstens sagen können, ich sei nicht da?«, zankte sie weiter.

»Deine Liebschaften interessieren mich nicht. Aber wo wir gerade bei diesem Thema sind. Joanne hat bei uns angerufen«, offenbarte er ihr den Grund für sein Erscheinen.

Ihr Blut gefror, beim klang dieses Namens. Was wollte die Mutter von David nach all der Zeit? Sie hatten sich zuletzt vor vier Jahren bei Gericht gesehen und danach nie wieder Kontakt gehabt, auch wenn Emma regelmäßig Briefe und kleine Päckchen schickte, die vermutlich im Müll landeten.

»Sie hat sich für das letzte Geschenk bedankt und wollte deine Adresse wissen«, berichtete Jakob.

»Das hat sie noch nie gemacht. Du hast sie ihr aber nicht gegeben, oder?«, fragte sie.

»Natürlich habe ich sie ihr gegeben, Emma. Wieso auch nicht? Vielleicht will sie dich ja sehen. Frieden schließen.«

»Das kann ich mir kaum vorstellen. Sicher wird es nur Ärger bringen. Wahrscheinlich will sie Geld von mir, dann kann ich demnächst noch einen dritten Job annehmen«, stöhnte sie und vergrub ihr Gesicht in den Händen.

»Das kann ich mir kaum vorstellen. Sie verdienen in einem Monat mehr, als du im ganzen Jahr. Ich habe sie nicht gefragt, worum es geht, aber es schien wichtig zu sein. Ich bin nur gekommen, um dich darauf vorzubereiten, dass sie dir schreiben wird, oder was auch immer«, meinte er und erhob sich vom Bett. Eine Weile sah er sie mitleidig an. Sein Blick schien zu fragen, weshalb sie ihm das Leben schwer machte. Sie wandte das Gesicht ab. Ihre Entscheidungen gingen ihn nichts an. Sie war glücklich mit ihrem Leben… zumindest hin und wieder.

»Emma. Ich weiß, dass wir nicht viel gemeinsam haben, aber wenn du Probleme hast, kannst du dich jederzeit bei mir melden. Du bist immerhin meine Schwester«, versicherte er, klopfte ihr auf die Schulter und ging zur Tür.

»Pass auf dich auf«, fügte er hinzu und verschwand auf dem Flur.

»Argh«, gab sie einen wütenden, verzweifelten Laut von sich und rieb mit den Zeigefingern über ihre Schläfen.

Sie verspürte den dringenden Wunsch, Sandra anzurufen, doch die war sicher schon auf dem Weg in die Bar. Sie war die ganze Woche für die Frühschicht eingeteilt, während Emma die Spätschicht übernehmen würde. Das kam nur selten vor. Normalerweise war Gustav Mittags alleine in seiner Kneipe und sie und Sandra stießen später dazu. Aber ausgerechnet in dieser Woche, hatte der Wirt einige Termine bei den Banken und Ämtern, so dass Sandra tagsüber einsprang, während Emma und Toni die Spätschicht übernehmen sollten.

Sie erhob sich von der Arbeitsplatte, wobei ihr Blick auf den Umschlag fiel, welchen sie achtlos auf ihr Bett geworfen hatte.

Sie nahm ihn auf und betrachtete ihn. Das Siegel erkannte sie sofort. Ihr Blick huschte zum Kalender.

Mittwoch 24. Oktober

Laut Aussage der Prüfer sollten die Ergebnisse für die Zulassung zur Kunstakademie erst nächste Woche kommen.

Mit zitternden Fingern riss sie die Post auf und fischte die Zettel daraus hervor. Ihre Augen überflogen den Text.

»*... teilen wir ihn mit, dass sie zum 03.12.1962 als Studentin angenommen sind...*«, las sie sich selbst laut vor.

Ungläubig blätterte sie die restlichen Papiere durch. Ein Vertrag, der Überweisungsschein für die Aufnahmegebühr und einige Merkblätter kamen zum Vorschein, so wie die Aufforderung den Vertrag und die erste Zahlung bis spätestens zum 30.10. zurückzuschicken, um eine Anmeldung zu bestätigen.

Darauf hatte sie zwei Jahre gespart und plötzlich sollte alles so schnell gehen? Sie kam gedanklich gar nicht hinterher. Sie hatte die Absage schon fest in ihrem Kopf eingeplant und fühlte sich heillos überfordert damit, zum Ende dieses Jahres ein Studium zu beginnen. Sie hätte nur knapp einen Monat Zeit, alles zu organisieren und sich mental darauf einzustellen.

Jemand klingelte an der Tür und riss sie aus ihren Träumen. Schnell stopfte Emma die Unterlagen zurück in den Umschlag und schob ihn unter die Matratze. Sie würde sich später ganz in Ruhe darum kümmern.

Gedankenverloren drückte sie den Türöffner, ohne nachzufragen, wer zu ihr wollte.

Als sie die Wohnungstür öffnete, sank ihr das Herz in die Hose. Die schwarzen Haare perfekt zurecht gemacht, vornehm gekleidet und ein falsches Lächeln auf den roten Lippen stand Joanne vor ihr.

Sie hatte sich in den letzten fünf Jahren kein bisschen verändert.

»Emma, Liebes«, säuselte sie und drückte sie an ihre Brust. Zu gerne hätte sie diese Frau von sich gestoßen und sie die Treppe hinuntergeschubst, doch sie war wie erstarrt. Wie konnte diese Person hier auftauchen und sie begrüßen, wie eine alte Freundin, nach all dem Schmerz, den sie ihr zugefügt hatte.

»Ich bin so froh, dich gefunden zu haben. Meine Güte, hier lebst du? Ein Glück, dass David sich das nicht antun musste«, brachen die Worte über Emma herein. Ohne Aufforderung war Joanne eingetreten und hatte sich an den kleinen Tisch gesetzt. Emma schloss die Tür und folgte ihr.

»Was willst du hier, Joanne?«, fragte sie unterkühlt.

»Ich muss mit dir reden. Es tut uns so leid, was damals passiert ist und ich bin untröstlich, dass wir uns aus den Augen verloren haben«, sagte Joanne aufgesetzt und griff nach ihren Händen. Emma unterdrückte ein wütendes Schnauben und zog ihre Finger weg.

Es war mehr als nur eine Beschönigung der Taten ihrer Familie.

»Ich brauche deine Hilfe. Es geht um meinen geliebten Sohn«, fing Joanne an und fasste sich theatralisch an den Hals.

»Ach ja? Und weshalb ist er dann nicht selbst gekommen? Hat er sich nicht getraut?«, wollte Emma böse wissen. David hatte schon damals seine Mutter vorgeschickt, wenn es etwas zu klären gab. Er war durch und durch feige.

»Mein David hat uns verlassen. Er wurde bei einer Bandenprügelei erschossen, vor knapp drei Wochen«, offenbarte Joanne.

Emma stockte der Atem. Obwohl sie in den vergangenen fünf Jahren einen riesigen Berg aus Hass gegen ihren Exfreund und dessen Familie aufgebaut hatte, schockte die Nachricht von seinem Tod sie. Er hatte bereits während ihrer Beziehung in den falschen Kreisen verkehrt, war mit Motorradbanden durchs Land gezogen und hatte sich oft Ärger eingehandelt. Es hatte seinen gewissen Reiz gehabt, doch sie hatte geglaubt, die Umstände hätten ihn vielleicht klarer denken lassen. Sie selbst war schließlich auch erwachsener geworden.

»Erschossen«, war das Einzige, was sie hervorbrachte. Joanne nickte und wischte sich eine falsche Träne von der Wange. Sie wirkte nicht annähernd betrübt.

»Oh ja, die arme Jillian. Kein Vater mehr, keine Mutter…«

Bei den letzten Worten war Emma aufgesprungen und hatte dabei ihren Stuhl umgeworfen.

»Ihr habt sie mir weggenommen, nicht umgekehrt«, schrie sie Joanne an. Die angestaute Wut und der Hass auf diese Familie brachen aus ihr heraus.

»Ich war siebzehn, David gerade achtzehn und ihr habt entschieden, dass ich nicht in dem richtigen Alter sei ein Kind großzuziehen. Ich durfte sie nicht ein einziges Mal sehen. Ich habe nie Fotos bekommen oder Nachrichten, wie es ihr geht und jetzt kommst du her und willst meine Hilfe?«

Emma drehte sich weg und versuchte ruhig zu atmen. Es würde ihr die verlorene Zeit nicht zurückbringen. Es änderte gar nichts, wenn sie Davids Mutter anschrie.

»Ich bin einzig und allein wegen Jillian hier«, erklärte Joanne plötzlich mit verändertem Tonfall. Jede schauspielerische Freundlichkeit war verflogen.

»Ich muss geschäftlich für vier Wochen nach Japan und habe auf die Schnelle niemanden gefunden, der auf das Kind acht gibt. Die Nanny ist im Krankenhaus und der Kindergarten macht Herbstferien. Deshalb lasse ich sie für ein paar Tage bei dir. Nächste Woche Montag kommt Richard sie wieder abholen«, weihte Joanne sie in ihren Plan ein.

»Hast du vergessen, dass ihr mir nicht nur das Sorgerecht weggenommen, sondern auch ein Schreiben aufgesetzt habt, welches mir verbietet sich ihr auf hundert Metern zu nähern?«, erinnerte Emma sie böse.

»Diese Verfügung ist an ihrem fünften Geburtstag ausgelaufen und bisher haben wir keine Verlängerung beantragt«, bemerkte Joanne dumpf. Emma wandte sich um und starrte sie an.

»Wo ist sie? Hast du sie mitgebracht?«, flüsterte sie.

»Aber sicher doch. Sie wartet unten bei meinem Fahrer im Wagen. Hätte ich sie gleich mit raufgebracht, wärst du vielleicht völlig ausgerastet«, unterstellte Joanne ihr.

»Ich will sie sehen«, entschied Emma und wollte zur Tür gehen. Joanne griff grob nach ihrem Handgelenk und hielt sie fest.

»Du wirst sie sehen. Aber zuerst brauche ich ein paar Unterschriften von dir.«

»Was für Unterschriften?«, fragte Emma misstrauisch.

»Ich will mich absichern, damit du dieses Kind nicht an dich reißt. Jillian wächst sehr gut auf in England«, entgegnete Joanne.

»Dieses Kind? Sie ist meine Tochter!«, berichtigte Emma und versuchte sich aus Joannes Klammer zu befreien. Die packte nur noch fester zu.

»Du hast sie vielleicht zur Welt gebracht, aber auf dem Papier gehört sie mir und das wird auch so bleiben«, versicherte sie.

Emma spürte Tränen in sich aufsteigen.

»Ich unterschreibe dir alles, was du willst«, knickte sie ein.

Joanne lächelte und zog einen Stapel Papiere aus der Tasche.

»Ließ es dir in Ruhe durch. Jillian wird die nächsten sechs Tage hier bei dir bleiben. Du wirst dich um sie kümmern, sie zu keinem Fremden geben, dafür sorgen, dass sie am Montag genau so nach Hause kommt, wie ich sie heute bei dir abliefere. Ich habe dir aufgeschrieben was sie essen darf und was nicht, wann sie zu Bett geht…«

»Wo soll sie denn schlafen«, unterbrach Emma sie und sah sich um.

»Sie kann in deinem Bett schlafen. Denk dir etwas aus. Du kannst doch ein paar Nächte auf dem Sessel dort schlafen«, deutete Joanne mit einem Kopfnicken in Richtung des alten Lehnstuhls. Sie hatte eine Wolldecke darüber geworfen, um ihn wenigstens einigermaßen erträglich zu machen. Da konnte sie besser auf dem Boden schlafen.

»Ich gebe dir zwanzig Mark, das sollte reichen«, meinte Davids Mutter und schob ihr einen Geldschein über den Tisch zu.

»Zwanzig Mark? Das ist sie dir wert?«, schnaubte Emma.

»Na schön, vierzig. Aber mehr kriegst du nicht, du gieriges Miststück. Ich bringe sie auch nur zu dir, weil ich auf die Schnelle niemand anderen gefunden habe, bei dem ich darauf vertrauen kann, dass Jillian vorgeht. Du wirst dein eigenes Leben hinter ihres stellen. Ich kenne dich gut genug.«

Joanne zog ihre Geldbörse hervor und knallte einen weiteren Zwanziger auf den Ersten.

Emma unterschrieb die markierten Stellen, ohne weiter auf den Text zu achten. Sie würde alles tun, um ihre Tochter nur ein einziges Mal zu Gesicht zu bekommen und da sie nichts besaß, konnte man ihr auch nichts wegnehmen.

»Ich brauche fünf Minuten, um auf meiner Arbeit anzurufen. Ich kann sie unmöglich mit in eine Bar nehmen«, murmelte sie.

»Arbeitest du immer noch in dieser dreckigen Spelunke?«, fragte Joanne angewidert. Emma nickte.

»Ich gebe dir eine halbe Stunde, um alles zu regeln, dann bringe ich das Mädchen herauf«, verabschiedete Joanne sich.

Sobald die Tür ins Schloss fiel, liefen ihr die Tränen über die Wangen. Emma stolperte zum Telefon und wählte die Nummer der Bar.

»Hallöchen«, flötete Sandras süße Stimme am Ende der Leitung.

Emma machte den Mund auf, um etwas zu sagen, doch sie brachte nur ein Schluchzen zu

Stande.

»Hallo? Wer ist da?«, fragte Sandra verwirrt.

»Ich bin es«, schaffte Emma ein paar Worte.

»Emma? Was ist passiert?« Sorge klang aus der Stimme ihrer Freundin hervor.

»Joanne«, schluchzte sie. Zum Glück kannte Sandra die ganze Geschichte rund um David und Jillian. Sie hatte ihr damals durch diese schwere Zeit hindurchgeholfen.

»Hat sie dich angerufen? Was ist passiert? Emma! Rede mit mir«, verlangte Sandra.

»Sie war hier. Ich soll ein paar Tage auf Jillian aufpassen. David ist tot. Ich kann nicht zur Arbeit kommen«, fasste sie das Wichtigste zusammen, bevor die Tränen erneut ihre Stimme erstickten.

»Beruhige dich Emma. Soll ich zu dir kommen? Ist das Mädchen gerade bei dir?«, informierte Sandra sich. Emma holte tief Luft und unterdrückte weitere Tränen.

»Nein«, gab sie ruhig zurück.

»Ich wollte dir nur Bescheid geben. Jillian wird bis Montag hier bleiben. Ab Dienstag bin ich wieder da, versprochen. Vielleicht kannst du Gustav informieren. Ich schaffe das nicht«, gab sie zu.

»Mach dir darum keine Gedanken. Ich übernehme deine Schichten. Die Uni lasse ich sausen. Jan soll mir später seine Notizen geben«, beruhigte Sandra sie.

»Du willst die ganze Woche Doppelschichten machen?«, hakte Emma besorgt nach.

»Emmchen, kümmere du dich um das Mädchen. Morgen früh komme ich zum Frühstück zu dir und wir reden und tu mir den Gefallen, falls Mr. Bond dich anruft, geh ans Telefon...«, sprach Sandra.

»Was?«, machte Emma verwirrt.

»Der Typ ist gestern Abend hier gewesen und hat nach dir gefragt. Er meinte er hätte dich nicht erreicht und er wollte nur sicher gehen, dass du heil Zuhause angekommen wärst.«

Kapitel 5

"Leben zu zweit"

Als Joanne zum zweiten Mal klingelte, hatte Emma sich die Tränen aus dem Gesicht gewischt und ein freundliches Lächeln aufgesetzt, welches sie für die besonders unverschämte Kundschaft geübt hatte, die hin und wieder in der Kneipe zu Gast war.

Jillian hatte glattes schwarzes Haar und blaue Augen, genau wie David. Insgesamt sah sie ihm ähnlicher, als ihr. Immerhin hatte sie Emmas Stupsnase geerbt. Der Gesichtsausdruck hingegen ähnelte dem von Joanne.

»Das ist Emma. Sie wird die nächsten Tage für dich sorgen«, erklärte die knapp.

»Sie weiß nicht einmal, wer ich bin?«, fragte Emma.

»Du bist meine Mutter«, sagte das Mädchen in perfektem Englisch.

»Ach ja. Sie spricht kein Wort deutsch, aber das hat dich ja bei David auch nie gestört«, merkte seine Mutter an. Emma nickte.

Ein Mann hievte einen großen Koffer die Stufen hinauf. Vermutlich war er der Fahrer.

»Darin sind ihre Sachen«, erklärte Joanne überflüssiger Weise. So wie es aussah steckten in Jillians Reisegepäck mehr Kleidungsstücke, als in Emmas kompletter Kommode.

Dass ihre Tochter zwischen all dem Reichtum aufwuchs, war ein schwacher Trost.

»Komm doch herein«, lächelte Emma aufmunternd. Es fühlte sich fremd an, nach so vielen Jahren englisch zu sprechen. Jillian ließ die Hand ihrer Großmutter los und folgte der Aufforderung.

»Wo ist mein Zimmer?«, wollte sie wissen. Joanne lachte.

»Jillian, Liebes. Ich habe es dir doch erklärt. Emma hat kein Geld, deshalb muss sie in diesem Haus für arme Leute leben.«

Emma wurde ganz rot vor Wut, aber sie versuchte es zu verbergen.

»Warum geben wir ihr kein Geld, so wie den Bettlern?«, fragte Jillian weiter.

»Ich habe ihr Geld gegeben. Du musst nur eine Woche durchhalten. Montag holt Richard dich ab.«, entgegnete Joanne und wandte sich dann auf deutsch an Emma.

»Ich hoffe, du weißt dich für die nächsten Tage zu benehmen, sonst wird es ernsthafte Konsequenzen für dich geben. Eine Gefängniszelle ist mit Sicherheit nicht so Komfortabel wie dein jetziges Zuhause.«

»Ihr wird es gut gehen«, versprach sie und schluckte den Ärger herunter. Vor Jillian wollte sie nicht streiten.

Joanne nickte und verschwand ohne ein weiteres Wort.

»Lies mir eine Geschichte vor«, verlangte Jillian, als wäre Emma ihre Dienerin und streckte ihr bereits ein Buch entgegen.

»*To Kill a Mockingbird*«, las Emma den Titel und nahm es entgegen. Das war nicht gerade eine Geschichte für ein Mädchen in diesem Alter. Zum einen steckte es voller Gewalt und zum anderen war es keine leichte Lektüre. Rassismus war ein schwieriges Thema für eine Fünfjährige.

»Was hältst du davon, wenn wir dir ein anderes Buch aus der Bücherei holen? Eines mit mehr Bildern?«, schlug Emma vor. Jillian schüttelte den Kopf.

»Nein, dieses«, schimpfte sie. Emma seufzte leise und lächelte.

»In Ordnung. Setz dich auf das Bett. Ich mache dir eine warme Milch, wenn du willst.«

Diese Idee schien mehr Begeisterung zu wecken.

Emma ging zum Herd und kochte eine Milch auf, während Jillian ihre Schuhe auszog und unter die Decke kletterte.

Als Emma einen Stuhl heranzog, schüttelte Jillian erneut den Kopf.

»Du musst dich neben mich setzten und mich in den Arm nehmen. So machen Mütter das«, behauptete sie. Zögernd ging Emma dieser Aufforderung nach. Es war ein merkwürdiges Gefühl ihr so nah zu sein, ohne sie zu kennen, obwohl ihr Herz wusste, dass Jillian ihre Tochter war. Das Mädchen lehnte sich in ihre Armbeuge und starrte erwartungsvoll das Buch an.

Emma reichte ihr die dampfende Tasse, bevor sie anfing vorzulesen.

Sie kannte die Geschichte *Wer die Nachtigall stört.*

Das machte es leichter die englische Version zu verstehen. Viele unbekannte Wörter konnte sie sich herleiten.

Draußen war es längst dunkel, auch wenn es erst neunzehn Uhr war. Die kleine Nachttischlampe war die einzige Lichtquelle im Raum und Jillian war nach circa fünfzig Seiten eingeschlafen. Dennoch hatte Emma unentwegt weiter leise vorgelesen.

Das Klingeln des Telefons ließ das Mädchen zusammenzucken, aber sie wachte nicht auf, sondern rollte sich nur auf den Bauch.

Emma legte das Buch zur Seite und deckte Jillian vorsichtig zu, bevor sie aufstand.

Sie nahm das Telefon mit ins Badezimmer. Zum Glück war die Telefonbox gleich neben der Tür, welche sie anlehnte, bevor sie den Hörer abnahm.

»Hallo. Emma am Apparat. Wer spricht da?«, wollte sie flüsternd wissen. Sie erwartete das Gustav sie anrufen würde, um über ihr Fehlen auf der Arbeit zu sprechen. In all den Jahren, in denen sie für ihn arbeitete, hatte sie nie einen Tag von sich aus versäumt. Einmal hatte er sie mit Fieber nach Hause geschickt.

»Sie sind schwerer zu erreichen, als die meisten meiner Klienten«, hörte sie Kilians tiefe Stimme.

Als hätte jemand einen Schalter umgelegt, war ihr plötzlich heiß und ihr Herz trommelte in ihrer Brust.

Verdammt, dachte sie, was sollte das?

»Ich habe sie gewarnt, dass ich kaum Zeit für etwas anderes als meine Arbeit hätte«, gab sie leise zurück.

»Hält man sie gefangen, oder weshalb flüstern sie«, fragte er amüsiert.

»Nein. Ich möchte niemanden wecken«, sagte sie zwar ohne zu flüstern, aber weiterhin mit gesenkter Stimme.

»Sind sie deshalb lautlos aus meiner Wohnung geflüchtet?«, informierte er sich. Jetzt lief sie auch noch rot an. Zum Glück konnte er es durch das Telefon nicht sehen.

»Ich hoffe, sie sind nicht den ganzen Weg zu Fuß gegangen«, sprach er weiter, als sie keine Anstalten machte zu antworten.

»Ich habe mir ein Taxi bestellt«, murmelte sie und wickelte die Schnur des Hörers um ihren Zeigefinger.

»Ich hätte sie ebenfalls fahren, oder zumindest das Taxi bezahlen können.« Es klang ein wenig vorwurfsvoll, als habe sie ihm die Chance verwehrt ihr zu beweisen, dass er ein Gentleman war.

Sie zweifelte nicht daran, obgleich sie die Waffe nicht vergessen hatte, welche beinahe unschuldig auf seinem Küchentisch gelegen hatte. Sollte sie ihn darauf ansprechen und fragen, was es zu bedeuten hatte?

Besser nicht.

»Es überrascht mich, dass sie Zuhause sind. Ich dachte, sie müssten jeden Abend in der Bar arbeiten«, nahm er das Gespräch wieder auf.

»Ich habe mir heute spontan frei genommen«, antwortete sie.

»Für ihren Freund«, schlussfolgerte er.

»Wie bitte?«

»Ich weiß, es geht mich nichts an, aber am Telefon wirkte es nicht so, als sei er besonders nett zu ihnen, Emma«, sprach er eindringlich.

Sie schnaubte leise.

»Jakob setzt Höflichkeit nur bei Anderen voraus. Ihm selbst fehlte es schon immer an Feingefühl«, zog sie über ihren Bruder her. Es blieb ruhig am anderen Ende. Lediglich ein Knacken ging durch die Leitung.

»Jakob«, durchbrach Kilian die Stille, als würde er überlegen, wie viel ihr an seiner Person lag. Erst da bemerkte Emma ihren Fehler.

»Er ist mein Bruder«, klärte sie ihn auf. Immerhin hatte sie sich vorgenommen, ihn nicht zu belügen. Wenn sie jemanden belog, dann nur sich selbst.

»Das macht sein Verhalten ihnen gegenüber zwar nicht besser, aber ich bin dennoch erleichtert dies zu hören«, erwiderte er.

»Wieso?«, überlegte sie laut.

»Es ist ein Hindernis weniger, welches ich umgehen muss«, meinte er.

Wieder schwieg sie.

»Eigentlich hatte ich gehofft, ihnen noch einmal zu begegnen, bevor ich nach Paris gehe«, sagte er.

»Sie verlassen das Land?«, erkundigte sie sich und spürte, dass es ihr keinesfalls egal war. Was wollte er in Frankreich? Besuchte er jemanden? Zog er weg?

»Mein Beruf zwingt mich hin und wieder dazu. Dieses Mal sind es nur ein paar Tage, aber selbst eine Woche kann einem wie eine Ewigkeit vorkommen«, bemerkte er.

»Was arbeiten sie denn?«, fragte sie neugierig.

»Das verrate ich ihnen bei unserem nächsten Treffen«, entschied er.

»Ich nahm an, meine Schuld sei beglichen«, warf sie ein. Sie hörte ihn leise Lächeln.

»Gestatten sie mir, dass ich sie vom Hotel aus anrufe?«, fragte er ernst.

»Was machen sie, wenn ich nein sage?«, stellte sie die Gegenfrage.

»Dann schicke ich ihnen eine Postkarte vom Eifelturm«, ließ er sich nicht aus der Ruhe bringen.

Sie lachte über diese Schlagfertigkeit.

»Wann sind sie morgen Zuhause?«, informierte er sich.

»Ich arbeite ab zwölf Uhr mittags«, teilte sie

ihm mit.

»Und vorher schlafen sie?«, neckte er sie.

»Ich wünsche ihnen eine angenehme Reise«, beendete sie das Gespräch von ihrer Seite aus.

»Vielen Dank. Gute Nacht, Emma und bis Morgen.«

Er hatte aufgelegt.

Bis Morgen, schallte es durch ihren Kopf.

Sie saß noch eine Weile auf dem Rand der Badewanne und lauschte dem Tuten, bis ihr Jillian wieder einfiel.

Leise ging sie hinüber. Das Mädchen hatte sich nicht bewegt. Emma nahm ihr vorsichtig die leere Tasse aus den Händen und stellte sie in die Spüle.

Sie hatte nicht damit gerechnet, das Mädchen jemals wiederzusehen. Oftmals hatte sie sich eine Szene ausgemalt, in welcher Jillian als Teenager vor ihrer Tür stehen würde, um sie kennenzulernen. Doch vermutlich hätte David es ihr verboten, oder seine Mutter hätte es dem Mädchen ausgeredet.

Emma konnte immer noch nicht glauben, dass er tot war. Erschossen wegen der Rivalität zweier Banden. Er hatte sich damals oft geprügelt, aber er hatte ihres Wissens nach nie eine Waffe besessen, anders als Kilian. Dabei machte der einen wesentlich vernünftigeren Eindruck auf sie.

Was verheimlichte er? Und was hatte er für eine Arbeit, bei der er für ein paar Tage ins Ausland musste? Zum zweiten Mal hatte er ihre Frage unbeantwortet gelassen.

Sie ging zum Tisch und setzte sich.

»Verbotene Lebensmittel«, las sie lautlos. Joanne hatte ihr drei Seiten voller Anweisungen dagelassen.

Unter den verbotenen Lebensmitteln fand sie neben allerlei Süßigkeiten und Fertiggerichten auch Brot, Nudeln und Kartoffeln.

Kopfschüttelnd blätterte sie weiter. Auf der zweiten Seite standen Dinge, die Jillian täglich zu tun hatte.

Französisch lernen, musizieren und Ballett waren nur ein Teil der Aufgaben.

War Joanne verrückt geworden, einer fünfjährigen ein solches Programm aufzuerlegen. Es musste ein schlechter Scherz sein.

Ihr Blick fiel auf das Mädchen. Selbst im Schlaf lag eine gewisse Strenge in ihrem Gesicht.

Da war er wieder, der Hass auf Davids Familie und sie wünschte sich, sie könnte Jillian mit sich nehmen und sie so weit wegbringen, dass Joanne sie niemals finden würde.

Doch ihr war klar, dass es einen solchen Ort nicht gab. Sie musste eine andere Lösung finden, um Einfluss auf das Leben ihrer Tochter zu bekommen.

Vielleicht… wenn sie ihre Sache gut machte… konnte sie Joanne bitten, öfter auf Jillian aufpassen zu dürfen und vielleicht würde es dem Mädchen gefallen. Dann konnte sie selbst verlangen, mehr Zeit mit ihrer Mutter verbringen zu können. Das würde zwar auch bedeuten, dass sie Joanne häufiger sehen würde, aber diesen Schritt war sie bereit zu gehen.

Ein Klopfen an der Tür ließ sie hochschrecken. Mit dem Gesicht auf dem Tisch war sie eingeschlafen.

Emma streckte sich und öffnete ihrem Besucher. Es war Sandra.

»Guten Morgen«, rief die gut gelaunt.

»Psst«, machte Emma, »Jillian schläft noch.«

Es war kurz vor Acht. So früh hatte sie gar nicht mit ihrer Freundin gerechnet.

»Verzeihung«, entschuldigte die sich und kam herein.

»Wow, sie ist schon so groß und sie sieht aus wie David«, stellte sie fest. Emma lächelte und strich sich die Haare hinter das Ohr.

»Komm. Ich mache uns einen Kaffee«, schlug sie vor.

»Wie lange ist sie jetzt bei dir?«, fragte Sandra und legte ihre Sachen ab.

»Bis Montag. Davids Vater wird sie abholen«, antwortete Emma. »Hast du mit Gustav gesprochen wegen der Arbeit? Ich werde alles wieder gut machen und die verlorenen Stunden nacharbeiten, Schichten für dich übernehmen. Er kann es von meinem Urlaub abziehen…«

Sandra unterbrach sie.

»Ganz ruhig, Emma. Es ist alles längst geklärt. Tonis Cousin ist zu Besuch in der Stadt und er hat sich bereit erklärt, für dich einzuspringen. Also eigentlich übernimmt er meine Mittagsschicht, damit ich deine Spätschicht machen kann. Du weißt ja, Gustav sagt immer, *nur die Dunkelheit bringt Geld und um es anzulocken braucht es ein paar hübsche Röcke.*«, ahmte Sandra ihren Chef nach. Emma lächelte.

Ihre Freundin erzählte gerade eine Geschichte von der Uni, als Jillian wach wurde.

Emma ging zu ihr hinüber.

»Guten Morgen. Hast du gut geschlafen?«, fragte sie auf englisch. Jillian nickte.

»Ich muss meine Übungen machen«, erklärte sie sogleich.

»Was für Übungen?«, wollte Sandra wissen. Durch das Studium war ihr Englisch beinahe ähnlich akzentfrei, wie das von Jillian.

»Das ist meine Freundin, Sandra«, stellte Emma sie vor.

»Hey«, lächelte die. Jillian kletterte aus dem Bett.

»Ich brauche meine Tanzschuhe«, sagte sie.

»Möchtest du nicht zuerst etwas essen?«, versuchte Emma es.

»Darf ich das denn?«, gab das Mädchen zurück.

»Sicher doch«, warf Sandra ein und klopfte auf den zweiten Stuhl.

»Was soll ich dir machen?«, wollte Emma wissen. Jillians Blick fiel auf Sandras Teller.

»Sowas«, entschied sie und deutete auf den Toast mit Marmelade.

Emma ignorierte die Stimme in ihrem Hinterkopf, dass sowohl Toast, als auch Marmelade auf der Liste der verbotenen Dinge stand und ging auf Jillians Wunsch ein.

Emma blieb an der Küchenzeile stehen und beobachtete ihre Tochter und Sandra beim Essen. Sobald sie fertig waren, räumte Emma die Teller ab.

»Sag mal, hat Mr. Bond sich eigentlich nochmal gemeldet?«, sprach Sandra die Frage aus, die ihr vermutlich seit Betreten der Wohnung auf der Zunge gebrannt hatte.

Exakt im selben Augenblick klingelte das Telefon. Sandra grinste.

»Komm Jillian, ich zeige dir eine Frisur für echte Profiballetttänzerinnen«, rief sie und winkte das Mädchen zum Badezimmer hinüber.

»Lass ihn nicht zu lange zappeln«, wisperte sie Emma ins Ohr, bevor sie die Tür hinter Jillian und sich zuzog.

Sie zögerte nur kurz.

»Hier spricht Emma«, meldete sie sich.

»Ich hatte gar nicht damit gerechnet, beim ersten Versuch erfolgreich zu sein«, hörte sie Kilians tiefe Stimme.

»Wenn sie möchten, lege ich wieder auf«, bot sie an. Er lachte.

»Das möchte ich ganz sicher nicht, Emma«, gab er ernst zurück. »Es spricht wohl für mich, dass sie rangegangen sind, immerhin hatte ich sie dieses Mal vorgewarnt«, fügte er lässig hinzu.

»Ich erspare ihnen nur die Mühe, eine Postkarte zu suchen«, antwortete sie und versuchte ihre

Stimme möglichst normal klingen zu lassen.

»Sie kriegen trotzdem eine«, behauptete er.

»Wie war ihre Fahrt?«, fragte sie.

»Ein wenig einsam. In meinem Abteil saß nur ein älterer Herr, der schnarchte und ein Liebespaar, welches anderweitig beschäftigt war.«

»Vielleicht sollten sie das nächste Mal nicht alleine verreisen«, meinte sie und hätte sich am Liebsten auf die Zunge gebissen.

»Waren sie schon einmal in Frankreich?«, wollte er sogleich wissen.

»Nein«, gab sie knapp zurück.

»Es gibt hier wunderschöne Strände. Im Sommer ist das Meer besonders schön«, erzählte Kilian.

»Die Kälte mag ich eigentlich lieber«, murmelte Emma.

»Gut. Dann haben wir ja etwas gemeinsam«, freute er sich. In dem Moment öffnete sich die Tür zum Bad. Jillian und Sandra kamen heraus.

»Ich muss auflegen«, sagte Emma hastig und sprang auf.

»Au revoir, Emma. Nous nous reverrons bientôt«, sagte er.

»Was? Ich…ähm, spreche kein Französisch«, stammelte sie verwirrt.

»Wir werden uns bald wieder sehen«, übersetzte er.

»Oh, okay«, flüsterte sie gedankenverloren und legte auf.

Sandra kicherte.

»Kann es sein, dass du ein kleines bisschen verliebt bist?«, zog ihre Freundin sie auf.

Emma warf ihr einen bösen Blick zu.

»Er hat mich angerufen, nicht ich ihn«, verteidigte sie sich.

»Ja, aber du bist rot, wie eine Tomate und stotterst herum«, blieb Sandra dabei.

Jillian war zu ihrem Koffer gegangen und hatte ihre Ballettschuhe hervorgezogen.

»Ich bin nicht verliebt«, entschied Emma und kniete sich vor das Bett, um dem Mädchen dabei zu helfen die Schnüre zu binden. Als Kind hatte sie es auch mal mit Ballett probiert. Allerdings hatte sie sich nicht mit den Essensvorschriften anfreunden können. Man musste schlank wie eine Bohnenranke sein.

»Erzähl schon. Was wollte er? Wenn du dich morgen mit Mr. Bond treffen willst, kann ich auf Jillian aufpassen«, bot sie an. Emma schüttelte den Kopf.

»Nicht nötig. Er ist die ganze Woche in Paris«, berichtete sie.

»Uh, la la. Er ruft dich aus Frankreich an? Jan ruft nicht mal an, wenn er seine Familie in Köln besucht«, bemerkte Sandra.

»Dafür besitzt Jan keine tödliche Waffe«, erinnerte Emma sie.

»Du hast ihn nicht darauf angesprochen?«, fragte Sandra.

»Nein. Wieso auch? Ich habe nicht vor, nochmal mit ihm auszugehen«, behauptete Emma.

»Das sieht er bestimmt anders«, widersprach Sandra.

Als Herr Büttner ihr pünktlich um zwölf Uhr die Tür öffnete, betrachtete er Jillian überrascht.

»Seit wann haben sie eine Assistentin?«, fragte er.

»Das ist meine Tochter Jillian. Sie lebt eigentlich bei der Familie ihres Vaters in England. Ich habe spontan zugestimmt diese Woche auf sie aufzupassen. Es stört sie hoffentlich nicht, dass ich sie mitgebracht habe«, entschuldigte Emma sich.

Er schüttelte den Kopf.

»Solange sie nichts kaputt macht, kann sie bleiben«, brummte er und ließ sie in die Wohnung.

»Ich versichere ihnen, sie kommt aus einer reichen Familie und weiß sich zu benehmen«, beruhigte Emma ihn.

»Wahrer Adel liegt im Gemüte, nicht im Geblüte«, ließ er verlauten und reichte ihr eine Liste und Geld.

»Behalten sie das Restgeld und kaufen etwas für sich und ihre Tochter. Ich möchte es nicht zurückhaben«, meinte er.

»Das ist sehr lieb von ihnen Herr Büttner, aber sie brauchen es doch selber«, lehnte sie dankend ab. Er schüttelte den Kopf.

»Das letzte Hemd hat keine Taschen, Emma. Sie sind noch jung und brauchen es viel dringender«, bestand er darauf.

»Danke«, lächelte sie.

Kapitel 6

"Neue Wege gehen"

Die Tage vergingen wie im Flug, während die Nächte sich zogen, wie Kaugummi.

Keiner der älteren Herrschaften, für die sie arbeitete, hatte etwas dagegen, dass sie Jillian mitbrachte. Frau Siebers war ganz angetan von dem Mädchen und stellte sich Augenblicklich in die Küche um ein paar Kekse zu backen, welche gegen sämtliche Vorschriften von Joanne verstießen.

Wenn sie nicht arbeitete, ging sie mit Jillian zum Spielplatz, in die Bücherei und in ein paar Geschäfte, wo sie ihr ein Kleid und eine Spieluhr kaufte. Abends las sie ihr vor, bis sie eingeschlafen war.

Jillian war unkompliziert, beschwerte sich über nichts und war die meiste Zeit über eher ruhig.

Sobald das Mädchen schlief, legte auch Emma sich hin. Sie hatte sich ein provisorisches Bett aus zwei alten Wolldecken und einem alten Fellmantel gebaut. Das Telefon, eine Nachttischlampe und ihren Wecker hatte sie neben ihrem Kopfkissen platziert. Jeden Abend hing sie ihren Gedanken nach und wartete, ob Kilian anrief, doch das Telefon blieb stumm.

Sie dachte viel hin und her. Stellte sich Pläne auf und warf sie wieder über Bord. Mal nahm sie sich vor, ihm eine Chance zu geben. Dann wiederrum entschied sie, dass es das Beste sei, ihm bei nächster Gelegenheit mitzuteilen, dass sie kein Interesse an ihm hätte. Sie kam zu keiner sinnvollen Lösung, mit der sie sich zu hundert Prozent wohlfühlte.

Anders war es mit Jillian. Sie war sich mittlerweile sicher, dass sie alles versuchen würde, ihre Tochter zurückzubekommen.

Am Montag würde sie mit Richard sprechen. Zwar stand er hinter seiner Frau, aber sie wusste auch, dass er sie damals gemocht hatte und gegen das alleinige Sorgerecht seines Sohnes gewesen war. Er selbst war ohne Mutter aufgewachsen und hatte sich für Jillian etwas anderes gewünscht.

Vielleicht würde er ihr helfen, jetzt wo David nicht mehr da war. Sie wollte ihn überreden, wenigstens alle paar Monate ein Wochenende oder einen Tag mit ihrer Tochter zu bekommen.

Zudem würde sie gleich am Montag nach einer neuen Wohnung suchen. Sie wollte Platz haben, für ein mögliches Kinderzimmer, egal was es kostete. Notfalls würde sie mehr arbeiten. Die Arbeit in der Bar war ganz gut bezahlt, aber als Haushaltshilfe bekam sie nicht viel. Sie würde es für eine besser bezahlte Stelle aufgeben müssen.

Und falls gar nichts ging, würde sie eben die Stadt verlassen. München war teuer. Vielleicht hätte sie im Norden Deutschlands bessere Chancen. Zudem lag es auch näher an Jillians Heimat.

Ihre eigenen Eltern würde es nicht sonderlich interessieren. Schließlich sahen sie sich ohnehin selten.

Sandra wäre sicherlich traurig, wenn sie fortging. Und Kilian? Was er wohl sagen würde, wenn er erfuhr, dass sie eine fünfjährige Tochter besaß? Wie die meisten Männer würde er davonlaufen.

Vor drei Jahren war sie ein paar mal mit jemandem ausgegangen. Sobald sie erzählt hatte, dass sie ihrer Tochter jedes Jahr zum Geburtstag ein Paket schickte, hatte er sich nicht mehr gemeldet und auch nicht auf sie reagiert. Dabei hatte sie ihm auch erzählt, dass sie absolut keinen Kontakt zu Davids Familie hatte. Wie sich ihr Leben wohl ändern würde, wenn sie es tatsächlich schaffte, Jillian bei sich aufzunehmen?

Vielleicht wurde sie ja wenigstens Toni dadurch los. Wobei… er wusste genauso von der ganzen Geschichte, wie Sandra. Und bisher hatte ihn das auch nicht davon abgeschreckt, sie nach einem Date zu fragen.

Was würde Kilian sagen, wenn er von Jillian erfuhr, ging es ihr erneut durch den Kopf.

Mit geröteten Augen hockte sie auf Sandras Sofa und weinte. Es war Montagabend und sie hatte es Zuhause nicht ausgehalten. Jillian war wieder in England und das Gespräch mit Richard war keineswegs so gut verlaufen, wie Emma es sich erhofft hatte.

Sandra hatte ihr eine heiße Schokolade gemacht und eine Packung Taschentücher auf den Tisch gelegt.

»Möchtest du mir davon erzählen?«, fragte sie jetzt vorsichtig und setzte sich mit einer Wolldecke bewaffnet neben Emma. In den Händen hielt sie ebenfalls eine dampfende Tasse.

»Ich hatte mich wirklich damit abgefunden, Jillian niemals zu Gesicht zu bekommen. Die Briefe und Päckchen, welche ich ihr regelmäßig geschickt habe, haben mir dabei geholfen. Auch wenn Joanne sie vermutlich allesamt verbrannt hat«, flüsterte Emma und wischte sich die Tränen von den Wangen.

»Es hat dich ganz schön aufgewühlt, sie kennenzulernen«, stellte Sandra fest.

»Natürlich. Sie ist immerhin ein Teil von mir«, gab Emma zurück und nippte an ihrem Getränk. Die Süße vertrieb ein wenig das Stechen in ihrem Herzen und betäubte den Schmerz. Sie wusste, dass es nur vorübergehend war, aber sie war dankbar dafür.

»Wenn David nicht bereits tot wäre, würde ich

persönlich nach England reisen und ihn von einer Klippe stürzen«, schimpfte Sandra und knallte ihre Tasse auf den Wohnzimmertisch, so dass sich ein Teil des Inhalts über das hölzerne Möbelstück ergoss.

»David war nie das Problem«, behauptete Emma, während ihre Freundin einen Lappen holte, um den Tisch abzuwischen.

»Jetzt verteidige ihn nicht auch noch, Emma. Dieser Mistkerl hat dir dein Kind weggenommen«, missbilligte sie dieses Verhalten.

»Du weißt genau so gut wie ich, dass Joanne die eigentliche Schuldige ist. Sie hat damals alles in die Wege geleitet und ihn dazu angestiftet. Wer weiß, womit sie ihn bedroht hat, damit er mitspielt. Sie ist eine Hexe«, entschied Emma.

»Dann sollten wir sie von der Klippe stürzen«, berichtigte Sandra ihren Vorschlag. Emma lachte freudlos.

»Absolut unmöglich. Hexen sind unsterblich«, wisperte sie.

»Vermutlich hast du recht, außerdem ist sie zum fürchten«, stimmte Sandra ihr zu.

»Frag doch Mr. Bond, ob er sie für dich erledigt«, schlug sie vor.

»Ganz sicher nicht«, brummte Emma.

»Hat er dich noch einmal angerufen?«, fragte Sandra.

»Nicht während ich Zuhause war, außerdem arbeitet er vermutlich«, verteidigte sie Kilian.

»Was arbeitet er denn?«, wollte ihre Freundin

wissen.

»Keine Ahnung«, murrte Emma. Sie wollte nicht über ihn nachdenken.

»Und wann kommt er wieder?«, ließ Sandra nicht locker.

»Ich weiß es nicht!«

»Wenn es um deine Männerwahl geht, bist du ganz schön unvernünftig«, grinste ihre Freundin. Emma strafte sie mit bösem Blick.

»Ich habe ihn nicht ausgewählt.«

»Im Grunde schon. Oder willst du mir erzählen, er hätte dich gezwungen mit ihm zu schlafen?«, hakte Sandra nach.

»Das war eine einmalige Sache. Menschen tun sowas.«, ärgerte Emma sich über diese Worte. Sie wollte nicht zugeben, dass sie ihn mochte. Sie kannte ihn ja nicht einmal.

»Du nicht. Mir machst du nichts vor. Und selbst wenn er nur ein bisschen Spaß in dein Leben bringt, dann genieße es doch einfach. Du kannst nicht immer nur arbeiten«, entschied Sandra.

»Wenn ich am Ende erschossen in einem Graben lande, bist du schuld«, scherzte Emma. Sandra lachte.

»Und jetzt zum eigentlichen Thema. Was hat Richard gesagt, als er Jillian abgeholt hat?«, erkundigte die sich ernst.

Emma seufzte schwer.

»Ich glaube nicht, dass er es schafft Joanne davon zu überzeugen mir Jillian hin und wieder anzuvertrauen. Er meinte, vielleicht könne er sie überreden, mich zumindest zu den nächsten Geburtstagsfeiern einzuladen, aber er wollte mir keine großen Hoffnungen machen«, berichtete sie.

»Was soll das für ein Mann sein? Ein Weichei ist das. Schrecklich«, zog Sandra über Richard her.

»Er hat mir erzählt, dass David oft von mir gesprochen hätte. Scheinbar hat er sich Vorwürfe gemacht und wollte mich ein paar mal mit Jillian besuchen kommen, aber seine Mutter hat es ihm jedes Mal ausgeredet«, erzählte Emma, was sie heute Morgen erfahren hatte.

»Wenn sein Vater die Wahrheit sagt, wollte David mich damals sogar heiraten«, verriet sie.

»Ach du meine Güte. Gut, dass er dich nicht darum gebeten hat«, bemerkte Sandra.

»Als ob ich zugestimmt hätte«, entrüstete Emma sich.

»Das sagst du jetzt. Damals warst du total blind. Du machst viele Dummheiten, wenn du verliebt bist, Emma.«

»Gar nicht wahr«, schmollte sie.

»Ich wette, du hast mit dem Telefon im Arm geschlafen, um bloß keinen Anruf von deinem Geheimagenten zu verpassen und vermutlich hast du mindestens eine Tasse fallen gelassen, vor lauter Nervosität«, grinste Sandra.

»Das habe ich nicht! Das Telefon hat neben meinem Bett gestanden und ich habe nur zwei Flaschen umgestoßen. Aber das passiert mir häufiger«, stellte sie klar. Sandra kicherte jetzt so sehr, dass das ganze Sofa wackelte und Emma war froh ihren Kakao ausgetrunken zu haben, sonst hätte sie sich vermutlich mit der Schokolade übergossen.

Am nächsten Morgen verließ sie früh die Wohnung ihrer Freundin, um zur Arbeit zu gehen. Frau Siebers fragte sie nach Jillian und redete ihr gut zu.

Den ganzen Vormittag verbrachte sie damit eine Wohnung nach der nächsten zu putzen und als sie gegen fünfzehn Uhr fertig war, verspürte sie Hunger. Sie hatte keine große Lust in ihre einsame Wohnung zu gehen und sich etwas zu kochen, also holte sie sich eine Kleinigkeit am Kiosk und studierte die Wohnungsanzeigen in der Tageszeitung.

Die Preise waren wie erwartet hoch, aber zwei der Wohnung kamen eventuell in Frage. Sie nahm sich vor keine Zeit zu verlieren und suchte die nächste Telefonzelle auf, um die Vermieter anzurufen. Vielleicht hatte sie ja Glück.

Die erste Anzeige stellte sich sogleich als Fehlgriff heraus. Der Mann am anderen Ende der Leitung fragte sie direkt, ob sie denn alleinstehend sei und etwas dagegen hätte, einen Teil der Miete zu sparen, indem sie stattdessen Zeit mit ihm verbringen würde. Sie lehnte dieses Angebot dankend ab, woraufhin er wütend verkündete, die Wohnung sei ohnehin längst vermietet.

Emma legte auf und wählte die zweite Nummer. Eine Frau hob ab und bestätigte, dass die

Wohnung noch zu haben sei und lud sie ein, diese spontan anzuschauen.

Ein Blick auf ihre Armbanduhr verriet Emma, dass ihr noch genügend Zeit blieb, bis sie in der Bar sein musste.

Sie bedankte sich bei der Fremden und machte sich auf den Weg.

Das Haus lag nur zwei Straßen von ihrem aktuellen Standort entfernt und machte rein äußerlich einen vernünftigen Eindruck.

Sie klingelte, wie vereinbart an der untersten Schelle und wurde von einer Frau mittleren Alters hereingelassen.

»Sie müssen Emma sein«, lächelte sie und gab ihr die Hand. »Mein Name ist Frau Haas.«

»Guten Tag«, gab Emma höflich zurück.

»Die Wohnung ist in der zweiten Etage. Ich führe sie herum«, eröffnete die Vermieterin und stieg die Stufen hinauf. Das Treppenhaus wirkte sehr gepflegt und auch wenn die Eingangstür beim öffnen klemmte, wirkten die dahinter liegenden Räumlichkeiten frisch saniert.

Es gab zwei eigenständige Schlafzimmer, ein Bad und eine Wohnküche.

»Haben sie Kinder?«, fragte Frau Haas. Emma nickte.

»Eine fünfjährige Tochter«, gab sie an.

»Oh schön. Ich habe auch eine Tochter. Sie ist allerdings schon sechzehn. Wann wollen sie und ihr Mann denn einziehen?«, wollte sie wissen.

»Ich bin nicht verheiratet. Ich suche eine

Wohnung für mich alleine, in der meine Tochter mich hin und wieder besuchen könnte«, berichtete Emma.

»Ach so«, machte die Vermieterin und wirkte plötzlich nicht mehr ganz so angetan.

Mit aufgesetzter Freundlichkeit informierte sie Emma über die laufenden Kosten und versicherte, dass sie sich spätestens Freitag bei ihr melden würde.

Beim Verlassen der Wohnung war Emma sich sicher, dass sie hier keine Chance hatte.

Sie würde weiter suchen müssen, aber sicher nicht heute Abend.

Auch wenn es noch etwas zu früh war, machte sie sich auf den Weg in die Bar. Vielleicht war ja jemand dort, mit dem sie sich unterhalten konnte.

Sandras Auto war nicht zu sehen. Es kam selten vor, dass Emma vor ihr da war.

Sie betrat die Kneipe durch die Hintertür und hörte Stimmen aus dem Büro. Jemand schien zu streiten. Sie glaubte die Stimme von Toni zu erkennen. Die Türe war nur angelehnt.

»Stell dich nicht so an. War doch nur ein bisschen Spaß«, sagte jemand, den sie nicht zuordnen konnte.

»Für mich war es nicht lustig«, schimpfte Toni. Emma warf einen kurzen Blick in den vorderen Bereich, wo sich die Theke befand. Es waren keine Gäste da, also ging sie wieder nach hinten und klopfte gegen das Holz. Augenblicklich verstummten die Stimmen der Streithähne und die

Tür schwang auf.

»Emma«, machte Toni überrascht und strich sich durch das Haar. „Wie lange stehst du denn schon da?« Er wirkte aufgewühlt. Hinter ihm erkannte sie die zweite Person. Ein junger Mann, den sie auf Anfang dreißig schätzte. Er hatte Ähnlichkeiten mit Toni, auch wenn er besser aussah.

»Bin gerade hereingekommen«, gab sie zurück, während sie den Fremden musterte.

»Das ist Bent, mein Cousin«, stellte Toni ihn knapp vor. Der Mann setzte ein charmantes Lächeln auf und trat auf sie zu.

»Und sie müssen die bezaubernde Emma sein, von der ich schon vieles gehört habe«, sagte er und küsste ihr die Hand.

»Ähm«, machte sie nur und befreite ihre Finger.

»Für so ein hübsches Mädchen übernehme ich gerne die Schicht in der Bar meines Onkels«, ließ er sich nicht aus dem Konzept bringen.

»Lass Em in Ruhe und geh wieder an die Arbeit«, kommandierte Toni.

»Ist sie etwa deine Freundin?«, fragte Bent amüsiert.

»Kann man so sagen«, behauptete Toni.

»Seit wann das denn?«, giftete Emma ihn an und verschränkte die Arme vor der Brust. Er kam um eine Antwort herum.

»Emma, meine Liebe.« Gustav kam in diesem Moment zur Vordertür herein. Er drückte sie an sich.

»Wie geht es dir?«, wollte er wissen und betrachtete sie.

»Gut«, log sie und lächelte. Es war nicht der richtige Zeitpunkt Trübsal zu blasen. Er hatte ihr eine ganze Woche Urlaub gegönnt. Das war mehr, als sie woanders je hätte erwarten können.

»Wieso hängt das Geschlossen-Schild am Eingang?«, wandte er sich streng an die Männer. Den Arm immer noch schützend auf ihrer Schulter, als wollte er ihr Trost spenden.

Das erklärte zumindest die fehlende Kundschaft, dachte Emma.

Toni stammelte eine Entschuldigung und drehte das Schild um.

»Ich bin nur kurz gekommen, um nach dir zu sehen, Emmchen. Sandra müsste auch jeden Moment da sein. Bent ist noch die ganze Woche da und unterstützt euch. Toni hat den Abend frei«, erklärte Gustav knapp. Dann verschwand er wieder auf die Straße.

»Dein Vater hat es ganz schön eilig«, stellte Emma besorgt fest. Toni zuckte mit den Schultern.

»Er hat Probleme mit einem seiner Geschäftsmänner. Nichts ernstes, aber er hat gerne Klarheit«, murmelte er.

»Darf ich dich etwas Fragen, Emma?«, mischte Bent sich ein. Sie drehte sich zu ihm um.

»Weshalb arbeiten die schönsten Frauen immer in den schäbigsten Kneipen?«

»Dort gibt es das beste Trinkgeld«, antwortete Sandra an ihrer Stelle. Sie war soeben zur Hintertür hereingekommen.

»Bin ich froh, dass du da bist, dann kann ich endlich verschwinden«, brummte Toni.

»Was hat dich den vorher davon abgehalten? Du hast sonst auch keine Probleme damit, uns hier alleine zu lassen«, ärgerte Sandra ihn.

»Ich traue Bent nicht«, knurrte er so leise, dass sein Cousin es hinter der Theke nicht hörte.

»Tschau, Em«, fügte er hinzu und verschwand in der Dunkelheit.

»Was ist denn mit dem los?«, hakte Emma bei ihrer Freundin nach. Toni hatte selten richtig schlechte Laune.

Sandra zuckte mit den Achseln.

»Er hat versucht ein Mädchen zu beeindrucken, aber die Gute hatte mehr Augen für mich«, erklärte Bent und strich sich über den muskulösen Oberarm.

»Na dann, zeig mal was du kannst und hol eines der großen Fässer aus dem Keller«, forderte Sandra ihn auf.

»Nichts leichter als das«, grinste Bent und verschwand.

»Er sieht sooo gut aus«, seufzte Sandra.

»Lass das nicht Jan hören«, erwiderte Emma amüsiert. Ihre Freundin machte eine wegwerfende Handbewegung.

»An Jan kommt niemand heran, nicht mal dein Mr. Bond«, scherzte sie. Sandra flirtete gerne und sie war beliebt bei den Männern. Ein Glück war dies für ihren Freund nie ein Problem gewesen und Emma würde ihre Hand für sie ins Feuer legen, dass Sandra eine treue Seele war. Flirten und schwärmen war das Eine, aber sie hielt stets Abstand zu anderen Männern.

»Hier ist nichts los. Wofür brauchen wir ein Fass?«, fragte Bent gerade.

»Warte ab. Sobald es acht Uhr ist, wird es voll«, prophezeite Sandra.

Dienstags war der Tag, an dem die Männer ihren Wochenlohn bekamen und ein Großteil von ihnen war bereits um Mitternacht pleite.

Wie angekündigt füllte sich die Stube ab acht Uhr stetig, so dass Emma und Sandra alle Hände voll zu tun hatten.

»Ist dein Agent heute gar nicht da?«, fragte Sandra irgendwann in einer etwas ruhigeren Minute und ließ den Blick schweifen. An Kilians üblichen Stammtisch saßen zwei Männer und aßen ihre Suppe.

»Was denn für ein Agent?«, erfragte Bent neugierig und legte den Arm um Emmas Schulter. Sie wandte sich aus seinem Griff.

»Er ist kein Agent«, gab sie zurück und fing an die leeren Gläser zu schrubben. Sandra kicherte.

»Seit ein paar Wochen kommt ein geheimnisvoller Mr. Bond regelmäßig zum Essen her und zieht die liebe Emma förmlich mit seinen Blicken aus.«

»Sandra!«, zischte sie leise und spürte, wie sie rot anlief.

»Da ist er doch sicher nicht der Einzige«, merkte Bent an, als sei dies keine Überraschung für ihn.

»Ja, aber er ist der Einzige, bei dem sie es nicht abstoßend findet«, grinste Sandra. Emma warf ihr den Spüllappen gegen die Schulter.

»Und heute ist er nicht da?«, fragte Bent interessiert und ließ den Blick schweifen.

»Ganz schön dumm. Es könnte ihm jemand zuvorkommen.«

»Vielleicht kommt er ja noch«, behauptete Sandra.

»Es ist gleich ein Uhr«, wies Bent sie darauf hin.

»Aber es geht hier schließlich um Emma«, ließ Sandra sich nicht davon abbringen. Ins geheim gab Emma ihrer Freundin recht. Kilian schien keinen zeitlichen Rhythmus zu haben. Er hatte sie sowohl morgens um fünf vor der Bar abgefangen, als auch Mittags um zwölf angerufen, um sie für achtzehn Uhr ins Restaurant zu bestellen.

»Hör schon auf. Er hat mich einmal gebeten, mit ihm essen zu gehen. Das bedeutet gar nichts«, warf Emma flüsternd ein.

»Da stimme ich Emma zu«, unterstützte Bent sie und legte ihr schon wieder den Arm um die Schultern. Indem sie sich nach dem heruntergefallenen Spüllappen bückte, entkam sie ihm.

»Wenn dir der Sex nichts bedeutet hat, kannst du ihn ja heute bedienen«, raunte Sandra ihr ins Ohr, sobald sie wieder stand.

»Was?« Emma rutschte das Glas aus der Hand. Sandra fing es auf, als hätte sie damit gerechnet.

»Nummer Drei!«, grinste sie und stellte es unbeschadet in das Regal.

Emma wagte es nicht sich umzudrehen. War Mr. Bond tatsächlich just in diesem Moment zur Tür hereingekommen, oder wollte Sandra sie nur ein wenig ärgern? Das sähe ihrer Freundin ähnlich.

»Sehr witzig, Sandra«, entschied sie sich für Letzteres.

»Er hätte gerne ein Glas Wasser und eine Suppe«, stieß Bent zu ihnen. »Und er sieht tatsächlich ein bisschen aus wie Bond, nur fünf oder sechs Jahre jünger«, grinste er.

Emma wandte nun doch den Blick. Ihr Herz machte einen verräterischen Sprung. Da saß er, lässig in einer Ecke an einem kleinen Tisch und beobachtete interessiert ein paar Gäste, welche ausgelassen vor der Musikbox tanzten. Er trug wie immer Hemd und Krawatte, die Haare ordentlich zurechtgemacht und sein Gesicht war trotz der auffälligen Müdigkeit so schön, wie eh und je. Stopp, Emma, rief sie sich selbst zur Besinnung und zwang sich ihre Augen von ihm abzuwenden.

»Da bitte«, grinste Sandra breit und drückte ihr unaufgefordert ein Tablett in die Hand. Wasser und Suppe.

»Lass es nicht fallen«, scherzte sie. Zu gerne hätte Emma einen frechen Kommentar abgegeben, doch ihr Kopf schien wie leer gefegt. *Er ist hier, er ist hier, er ist hier,* schienen die einzigen drei Wörter zu sein, welche sie noch vernünftig denken konnte.

Wie von selbst machte sie auf dem Absatz kehrt, um die Bestellung auszuliefern.

Der Weg vom Tresen bis zu dem Tisch, kam ihr elendig lang vor. Sie fühlte sich von allen Seiten beobachtet, auch wenn sie sicher war, dass sich bis auf Sandra und Bent niemand für sie interessierte.

Sie hatte den Platz noch nicht ganz erreicht, als er den Kopf drehte und sie direkt ansah.

Ein leichtes, kaum erkennbares Lächeln umspielte seinen rechten Mundwinkel, als wollte er sich nicht gleich anmerken lassen, dass er sich freute, sie zu sehen. Seine Augen hingegen schienen sie regelrecht anzuflehen, den Abstand zwischen ihnen zu verringern. Sie entdeckte eine Sehnsucht darin, welche sie an seine Küsse auf ihrer Haut erinnerte. Ein Schauer lief ihr über den Rücken.

Sie stellte das Tablett auf den Tisch, wobei sie den Blickkontakt zu ihm abbrach. Es entspannte sie etwas.

»Guten Abend, Herr Falkner«, ergriff sie als Erste das Wort. Er war nur ein Gast, sprach sie sich Mut zu.

»Er ist gut«, schmunzelte er. Amüsierte es ihn, dass sie ihn mit diesem Namen ansprach?

»Ein Wasser und eine Suppe, nicht so delikat wie beim Chinesen, aber man wird satt«, sagte sie und stellte ihm den Teller hin.

»Ich versichere ihnen, das Essen beim Chinesen schmeckt nur halb so gut, wenn man ohne hübsche Begleitung speist«, lächelte er. Sie hob nun doch kurz den Blick. Seine Augen funkelten sie an. Wieder machte ihr Herz einen Hüpfer. Wo wollte es denn hin verdammt?

»Ich wünsche ihnen einen guten Appetit«, beeilte sie sich zu sagen, bevor er sie weiter aus der Fassung bringen konnte und lief etwas schneller als üblich, zurück hinter die schützende Theke.

Sandra unterhielt sich gerade mit einem Mann, als hätte sie die ganze Zeit nichts anderes getan. Heuchlerin, dachte Emma stumm. Vermutlich hatte ihre Freundin sie genauestens beobachtet.

»Kein bisschen rot geworden. Vielleicht ist an Sandras Behauptung doch nichts dran«, empfing Bent sie stattdessen und musterte sie abschätzig. Sie beschloss ihn zu ignorieren und stellte das Tablett ab.

»Erzähl, tanzt dein Herz wilder, als die Gäste in dieser Bar?«, fragte er verschmitzt, wobei er sich nach vorne beugte. Sein Gesicht war ihr ganz nah.

»Ich bin hier, um zu arbeiten, nicht um zu tanzen«, gab sie leicht unterkühlt zurück.

Bent zuckte mit den Schultern, richtete sich auf und reichte ihr ein Pinnchen.

»Trink, das hilft«, behauptete er hob ein zweites Glas, prostete ihr stumm zu und leerte es in einem Zug. Emma rollte mit den Augen und kippte die klare Flüssigkeit herunter. Der Alkohol brannte in ihrer Kehle, aber es beruhigte sie tatsächlich ein wenig.

»Gustav mag es nicht, wenn wir an seine Vorräte gehen«, merkte sie an.

Bent lachte, zog eine Münze aus der Hosentasche und legte sie in die Kasse.

»Besser so, meine Schöne?«, wollte er wissen. Emma nickte.

Mittlerweile war es halb zwei. Sie wischte bereits die ersten Tische ab und sammelte leere Gläser ein, als Jan die Bar betrat. Sandras Freund war groß und Blond. Er spielte Basketball und studierte an der selben Uni wie Sandra, allerdings wollte er nicht Arzt sondern Medizinforscher werden.

»Hey, Emmchen«, grüßte er sie grinsend, drückte sie und gab ihr einen Kuss auf die Stirn.

»Schön dich zu sehen. Was machst du hier?«, wollte sie wissen, warf den Lappen in den Eimer und wischte sich die nassen Hände am Rock ab.

»Ach weißt du, ich muss ab und zu mein Revier markieren«, zwinkerte er ihr zu und ging zur Theke hinüber, wo Sandra ihn offenbar noch nicht bemerkt hatte.

Emma wandte sich wieder ihrer Arbeit zu. Sie bemerkte aus den Augenwinkeln heraus, wie Kilian sie beobachtete. Sie ging auf seinen Tisch zu.

»Kann ich noch etwas für sie tun?«, fragte sie freundlich. Der Schnaps schien noch zu wirken, denn ihr Herz benahm sich einigermaßen vorbildlich und blieb an Ort und Stelle. Er lächelte.

»Setzen sie sich doch«, forderte er sie auf.

»Entschuldigen sie, aber ich arbeite gerade«, erinnerte sie ihn.

»Nur für eine Minute, Emma«, bat er. Sie zog

den Stuhl zurück und ging seiner Bitte nach.

»Wie geht es ihnen?«, fragte er.

»Ich kann kaum klagen Es hat sich heute noch niemand übergeben oder geprügelt«, meinte sie schulterzuckend und strich sich mit dem Handrücken die Haare aus der Stirn.

»Ich habe ihre lockere Art vermisst, Emma«, lächelte er unwiderstehlich. »Die Menschen in Frankreich haben nicht so einen erfrischenden Humor.«

»Meine Mutter nennt es Ungeschick«, flüsterte sie und knibbelte nervös an einer Rockfalte herum. Es kam ihr merkwürdig vor, sich so förmlich mit ihm zu unterhalten, nachdem er sie so intensiv berührt hatte.

»Ihre Familie hält nicht sehr große Stücke auf sie«, stellte er fest.

»Meine Mutter ist eigentlich sehr lieb. Ich habe sie nur zu oft enttäuscht«, lächelte sie und erhob sich, um wieder an die Arbeit zu gehen und vor allem um dem Geruch zu entkommen, der ihn umgab. Er erinnerte sie all zu sehr an den Geschmack seiner Lippen und entfachte den Wunsch ihn küssen zu wollen.

»Verzeihung, ich wollte sie nicht beleidigen, Emma«, beeilte er sich zu sagen. Offenbar glaubte er, dass dies der Grund für ihr Gehen war.

»Wir haben noch andere Gäste, Herr Falkner«, wies sie ihn darauf hin und räumte seinen Teller ab.

Sandra und Jan waren verschwunden.

»Falls du deine Freundin suchst, die knutsch draußen auf dem Parkplatz herum«, grinste Bent.

»Immerhin sind sie nicht wieder in Gustavs Büro.« Sie würde sich noch Ärger einhandeln, wenn der Wirt das herausfand. Er lachte.

»Wieso? Willst du es für dich und deinen Mr. Bond reservieren?«, fragte er und rief dabei ein Bild vor ihrem inneren Auge hervor, wie Kilian sie auf den Schreibtisch hob und sie küsste. »Aha, sie wird doch rot«, zog er sie jetzt auf.

Sie schubste ihn zur Antwort leicht. Er lachte erneut und strubbelte ihr durch die Haare.

»Emma, du bist echt ne Süße«, rief er ihr laut nach, als sie eilig nach hinten verschwand. Sie quetschte sich in den kleinen Toilettenraum für Mitarbeiter und atmete tief durch. Mit zitternden Fingern drehte sie den Wasserhahn auf und kühlte sich das Gesicht und die Arme.

Was war nur los mit ihr, dass sie so leicht aus der Fassung zu bringen war. Sie brauchte Kilian nur ansehen und schon kribbelte ihr ganzer Körper.

Sie betrachtete ihr Spiegelbild. Ihr Haar war eine Katastrophe. Vielleicht sollte sie es kurz schneiden.

Sie startete einen letzten Versuch sich zu sammeln, strich ihre Kleidung glatt und platzierte ihr fleißig geübtes Lächeln in ihrem Gesicht, dann trat sie wieder hinaus.

Sandra kam ihr entgegen.

»Wo warst du denn?«, wollte sie wissen, als

hätte Emma sie im Stich gelassen.

»Auf der Toilette. Wieso?«, hakte sie nach. Sie war höchstens für fünf Minuten weg gewesen.

»Und wo ist Bent?«, fragte Sandra weiter.

»Keine Ahnung, hinter der Theke vermutlich«, antwortete sie schulterzuckend. Ihre Freundin schüttelte den Kopf.

»Hier das soll ich dir geben«, meinte sie und hielt ihr einen weißen Umschlag entgegen.

»Was ist das?«, erkundigte Emma sich.

»Ein Liebesbrief von deinem Geheimagent vielleicht. Er hat ihn mir gegeben, bevor er gegangen ist. Was hast du zu ihm gesagt, Emma? Er wirkte ein wenig niedergeschlagen«, flüsterte Sandra.

»Ich habe überhaupt nichts zu ihm gesagt«, versicherte Emma ihr und drehte den Umschlag in den Fingern herum.

»Mach schon auf. Ich bin neugierig, was er schreibt«, forderte Sandra. Ein wenig widerwillig tat Emma wie ihr geheißen und öffnete den Brief.

Zum Vorschein kam eine Postkarte. Sie zeigte den Eiffelturm in einer Winternacht. Der Schnee glänzte und die Lichter schienen zu strahlen.

»Oh, wie hübsch«, lächelte Sandra und wartete, dass Emma die Karte wendete. Mit zitternden Fingern tat sie es.

Sie musste lachen.

»Was?«, fragte Sandra und versuchte einen Blick darauf zu erhaschen.

»Er hat etwas auf Französisch geschrieben, obwohl er weiß, dass ich es nicht verstehe.«

Kapitel 7

"Schlechte Aussichten"

Nach einer weiteren unruhigen Nacht auf Sandras kleinem Sofa, war Emma mit dem Bus zur Arbeit gefahren.

Sie hatte die halbe Nacht damit verbracht, sich die Postkarte anzusehen und an Kilian zu denken. Weshalb war er so plötzlich gegangen? Hatte sie etwas gesagt, oder getan, das ihn verärgert hatte? Würde er sie noch einmal anrufen?

Das wüsstest du, wenn du ab und an mal deine Wohnung betreten würdest, flüsterte eine vorlaute Stimme in ihrem Kopf. Das stimmte vermutlich. Seit Montag Morgen war sie nicht mehr Zuhause gewesen. Jetzt war es Mittwoch Nachmittag.

Nur zwanzig Minuten zu spät, betrat sie die Bar. Sie hatte sich eine weitere Wohnung angeschaut. Allerdings ganz am anderen Ende des Stadtviertels. Wenn sie auch in Zukunft hier arbeiten wollte, kam es nicht in Frage. Die Busverbindung war schlecht. Viermal hatte sie umsteigen müssen, einen Bus hatte sie dabei verpasst, war ein ganzes Stück gerannt und am Ende trotzdem nicht pünktlich angekommen.

»Na endlich. Wir dachten schon, du kommst gar nicht mehr«, empfing Toni sie.

»Ja, ich wollte meinen Cousin schon in ein Kleid stecken, damit er dafür sorgt, dass die Männer genug trinken«, scherzte Bent.

Sandra hatte heute und morgen frei, weil sie am Freitag eine wichtige Prüfung schrieb.

Es machte Emma nichts aus, mit den beiden Männern alleine zu sein. Ganz im Gegenteil. So würde sie von den meisten anzüglichen Sprüchen verschont bleiben. Insbesondere Toni wachte wie ein bissiger Hund über sie. Wenn Sandra dabei war, war es etwas anderes. Dann überließ er ihr diese Aufgabe und verzog sich meistens nach hinten, um eine Runde zu schlafen.

»Na, um was wetten wir, ob dein Verehrer heute wieder hier auftaucht?«, wollte Bent von ihr wissen.

»Ich wette nicht«, gab sie zurück.

»Ich schon! Er taucht immer auf«, mischte Toni sich ein. »Aber nur, wenn sich der Einsatz lohnt«, fügte er herausfordernd hinzu.

»Das lässt sich einrichten. Der Sieger bekommt ein Date mit Emma«, entschied Bent. Toni schlug augenblicklich ein.

»Hallo? Darf ich bitte auch ein Wörtchen mitreden?«, unterbrach sie die Beiden direkt.

»Du wolltest nicht wetten, selbst Schuld. Das

ist eine offizielle Wette. Wenn Mr. Bond heute auftaucht, musst du am Samstag mit Toni ausgehen. Kommt er nicht, darfst du mit mir vorlieb nehmen«, grinste Bent breit und berührte ihre Schulter. Emma drehte sich schnaubend um. Für wen hielt dieser Typ sich eigentlich.

»Du wirst schon sehen. Er taucht ganz sicher hier auf«, triumphierte Toni bereits.

Emma ging zur Musikbox und stellte sie lauter, damit sie das dumme Gerede dieser beiden Möchtegerncasanovas nicht länger ertragen musste.

Der Abend glitt dahin und als sie gegen zwei die Türen schlossen, war Tonis Laune auf den Tiefpunkt gesunken. Kilian war nicht gekommen. Emma versuchte ihre eigene Enttäuschung darauf zu schieben, dass Bent nun darauf bestehen würde, ihren freien Samstag Vormittag zu beanspruchen. Dabei hatte sie sich eigentlich vorgenommen, die Stadt zu verlassen und den Tag alleine am Starnberger See zu verbringen.

Bent verabschiedete sich mit bester Laune von ihnen. Emma stand eine Weile in der Dunkelheit und wartete, dass auch Toni fahren würde. Der jedoch hockte in seinem alten Ford und machte keine Anstalten zu fahren. Vielleicht wartete er darauf, dass Emmas Bus kam.

Sie trat an die Scheibe und klopfte.

Er kurbelte sie etwas verwirrt herunter und blickte sie fragend an.

»Wir sind doch Freunde, oder?«, fing sie an. Er sagte eine Weile gar nichts, nickte dann aber mit einem leisen Seufzer.

»Kann ich dich dann um etwas bitten?«, fragte sie weiter. Sie wollte keinesfalls, dass er es falsch aufgriff oder sich Hoffnungen machte, sie könnte doch etwas anderes als Freundschaft für ihn empfinden.

»Was gibt es denn?«, ermutigte er sie zu sprechen.

»In meiner Wohnung erinnert mich alles an Jillian. Ich habe die letzten zwei Nächte bei Sandra geschlafen, aber ich will ihr ungerne weiter zur Last fallen, vor allem weil sie ja Freitag diese Prüfung hat…«, redete sie um die Sache herum.

»Du kannst heute bei uns auf dem Sofa schlafen. Meine Eltern werden nichts dagegen haben«, unterbrach er sie seufzend und entriegelte die Beifahrertür. Dankbar stieg sie ein.

»Du wirst mich gar nicht bemerken. Um halb sechs verlasse ich das Haus«, versprach sie.

»Ja, das habe ich befürchtet«, hörte sie ihn flüstern. Er tat ihr etwas Leid, weil er ja eigentlich ein netter Kerl war.

»Sag mal Emma, wann schläfst du eigentlich? Bist du überhaupt ein Mensch«, scherzte er jetzt. Sie lachte.

»Ich habe jeden Montag frei. Das weißt du doch!«, gab sie zurück. Sie alberten noch eine Weile herum und als Emma endlich auf dem Sofa lag, zog sie die Postkarte vom Eiffelturm aus ihrer Schürze. Weshalb war er heute nicht gekommen?

Der Donnerstag verlief wenig ereignisreich, bis auf die Tatsache, dass sie ihrer Wohnung einen Besuch abstattete, um zu duschen und sich ein frisches Kleid anzuziehen. Sie beschloss auch am Abend endlich wieder dort zu schlafen. Zwar ignorierte sie das Bett und legte sich auf ihren Deckenstapel, aber sie schaffte es, nicht zu weinen. Die Postkarte lehnte sie an das Telefon. Das Kissen aus ihrem Bett hatte sie fest an sich gedrückt. Jillians Duft haftete noch immer zwischen den Federn.

Am Morgen weckte sie das sanfte Tosen ihres Telefons. Verschlafen starrte sie auf den Wecker. Zwölf Uhr, meine Güte, schoss es ihr durch den Kopf. Zum Glück war heute Freitag und bis auf ihre wöchentlichen Einkäufe am Nachmittag mit Frau Siebers, hatte sie keine Termine. Und natürlich die Bar heute Abend.

Sie ließ sich in die Kissen zurückfallen und starrte das Telefon eine Weile an.

»Hallo?«, entschied sie sich doch noch abzuheben und unterdrückte ein Gähnen.

»Ich fürchtete schon, sie würden mich ignorieren«, hörte sie seine dunkle Stimme flüstern.

»Wieso sollte ich das tun?«, fragte sie verwirrt. Immerhin war er derjenige der am Dienstag die Bar verlassen und sich seit dem nicht mehr gemeldet hatte. Sie kannte nicht einmal seine Telefonnummer.

»Haben sie schon einmal versucht anzurufen?«, informierte sie sich und hatte plötzlich ein schlechtes Gewissen.

Sie hörte ihn lachen.

»Tut mir leid. Ich war die ganze Woche nicht Zuhause. Ich habe bei Sandra übernachtet und bei Toni, ich war arbeiten und hatte viel zu tun«, entschuldigte sie sich.

»Hören sie Emma, sie müssen sich nicht erklären. Sie haben mir von Anfang an mitgeteilt, dass sie nicht an einer Beziehung interessiert sind und ich dachte, sie seien tatsächlich einfach zu beschäftigt. Ich hätte mir denken können, dass ich nicht der einzige Mann bin, der sich für sie interessiert«, sprach er.

»Oh«, machte Emma und strich gedankenverloren die Konturen des Eiffelturms nach.

»Das klingt, als hätte ich irgendetwas falsch gemacht«, wisperte sie und überlegte, was sie getan haben konnte.

»Ich wollte ihnen keine Vorwürfe machen. Sie dürfen mit ihrem Leben machen, was sie möchten, Emma. Allerdings fürchte ich, dass ich schlecht konkurrieren kann«, antwortete er.

»Ich dachte mir schon, dass sie eine Ausrede finden würden, um aus dieser Sache herauszukommen. Aber das ist wirklich unhöflich und unnötig. Als ob ich in meinem Zeitplan Platz hätte, gleich mehrere Männer zu treffen. Das ist mit Abstand das Dümmste, dass ich je gehört habe und mir hat mal einer erzählt, er könnte sich in meiner Gegenwart nicht entspannen, weil meine Haare ständig in Bewegung wären«, schimpfte Emma. Sie fand es absolut unverschämt, dass Kilian sich eine solche Geschichte ausdachte, um sie loszuwerden. Sie hatte sich ihm in keiner Weise aufgezwungen. Er hingegen tauchte ständig auf ihrer Arbeit auf und rief sie an.

»Vielen Dank für die Postkarte, sie ist wirklich schön. Und machen sie sich keine Gedanken um ihr Abendessen. Ich bin weder nachtragend, noch würde ich ihnen in die Suppe spucken. Sie können weiterhin die Bar betreten, ohne ein schlechtes Gewissen zu haben«, fügte sie etwas ruhiger hinzu. Dann legte sie auf. Ihr Herz raste. Dieses Mal vor Wut. Was war dieser Kilian doch für ein verdammter…

Das Telefon klingelte.

Sie starrte es eine Weile an. Das konnte er unmöglich sein. Trotzdem traute sie sich nicht abzuheben.

Nach einer Weile hörte es auf zu schellen. Erleichtert stand Emma auf und ging zur Kommode, um sich umzuziehen.

Wieder fing es an zu klingeln. Sie griff nach dem Hörer.

»Ja?«, fragte sie vorsichtig.

»Sie haben einfach aufgelegt und mir gar keine Chance gegeben zu reagieren«, meldete sich Kilian. Wollte er sie weiter beschuldigen?

»Das ist richtig. Gern geschehen«, wimmelte Emma ihn ab und hängte zum zweiten Mal auf. Doch so schnell schien er nicht aufgeben zu wollen.

Wieder klingelte es.

»Hören sie auf mich anzurufen«, sagte sie direkt.

»Emma, bitte«, flehte er.

»Ich werde nicht mehr rangehen«, teilte sie ihm mit.

»Arbeiten sie heute?«, fragte er, bevor sie auflegen konnte.

»Nein«, log sie und knallte den Hörer auf den kleinen Apparat.

Dieses Mal blieb es still. Ärgerlich zog sie sich an und band sich die Haare fest zusammen. Es war ihr egal, was Sandra denken würde, sie brauchte es jetzt. Es gab ihr die Stärke, die sie brauchte, um ihre Wut zu kontrollieren.

Was maß sich dieser Kilian an, sie darzustellen, als würde sie Männer sammeln, wie Briefmarken. Vielleicht sollte sie doch mit Bent ausgehen. Bei ihm wusste sie wenigstens, dass er ein Casanova war und es nicht ernst meinte.

Nach dem Einkaufen mit Frau Siebers, blieb sie noch zum Kaffeetrinken.

»Ist alles in Ordnung, Emma?«, fragte die ältere Dame liebevoll.

»Natürlich«, schwindelte sie. Es ging ihr gar nicht gut, aber wenn sie mit jemandem darüber hätte reden können, dann nur mit Sandra.

»Machen sie sich Gedanken um die kleine Jillian?«, blieb Frau Siebers dran.

»Nun ja. Ich habe versucht eine größere Wohnung zu finden, aber das ist so gut wie unmöglich«, berichtete Emma und erzählte ihr von den bisherigen Fehlversuchen.

»Geben sie nicht auf. Sie werden schon etwas passendes finden und dann bekommen sie auch ihre Tochter zurück«, war die Meinung von Frau Siebers.

»Wäre es doch nur so einfach, wie es klingt«, lächelte Emma.

»Manchmal muss man nur daran glauben und auf das Gute vertrauen. Das gilt übrigens auch für die Liebe«, fügte die ältere Dame hinzu.

»Oh nein, mit diesem Thema bin ich lange durch. Es ist ja nicht so, dass ich es nicht mit den Männern versuche, aber Liebe ist schon ein recht großes Wort«, wehrte Emma ab.

»Erzählen sie mir doch von ihm.« Frau Siebers legte ihr noch ein zweites Stück Kuchen auf den Teller.

»Ich weiß nicht. Es ist vielleicht besser ihn zu vergessen, bevor es zu spät ist«, entgegnete sie.

»Sind sie sicher, dass es dafür nicht längst zu spät ist?«, fragte die ältere Dame.

»Eigentlich kenne ich ihn kaum. Ich weiß so gut wie nichts über ihn«, eröffnete Emma.

»Sie wissen so gut wie nichts…«, wiederholte Frau Siebers nachdenklich. »Wenn sie das Bisschen schon vermissen, ist es zu spät.«

Um kurz nach acht stolperte sie in die Bar und wäre beinahe mit Bent zusammengeprallt.

»Hoppla«, machte er und hielt sie an den Schultern fest.

»Kommst du immer zu spät?«, grinste er breit.

»Lass mich los«, zischte sie ihn an und schob sich an ihm vorbei.

»Wow. Ganz schön zickig«, kommentierte er und machte ein Gesicht, als wäre das eine besonders anziehende Eigenschaft. Sie verdrehte die Augen und hängte ihre Jacke an die Garderobe.

Sandra bediente gerade eine große Gruppe, die scheinbar einen besonderen Anlass feierte.

»Die erste Runde geht aufs Haus«, rief ihre Freundin gerade und erntete dafür Jubel und Gegröle.

»Was hat er getan?«, fragte Sandra, sobald sie die Getränke verteilt hatte und ihr Blick auf Emma fiel.

»Ich habe gar nichts getan.«, warf Bent ein und lehnte sich neben die zwei Mädchen an die Theke.

»Von dir spricht doch gar keiner«, meinte Sandra genervt.

»Von wem dann? Toni?«, wollte er wissen.

»Unsinn. Als ob der dazu in der Lage wäre, Emma derart zu verärgern«, entgegnete sie.

»Ich bin nicht verärgert«, brummte Emma.

»Genau und Toni schläft nicht bei der Arbeit«, gab Sandra zurück.

»Ist der etwa auch hier?«, stöhnte Emma.

»Ja. Bent hat heute Abend frei«, bestätigte Sandra.

»Das ist meine letzte Nacht hier und ich will noch etwas erleben. Morgen geht es zurück in die Heimat, aber keine Sorge, liebste Emma. Wir sehen uns wieder, außerdem haben wir ja morgen noch etwas vor«, grinste Bent und kniff sie in die Wange, bevor er sich zum Gehen wandte.

»Träum weiter«, brummte sie böse.

»Was habe ich denn da verpasst?«, erkundigte Sandra sich.

»Die beiden Vollpfosten haben gewettet und entschieden, dass der glückliche Sieger mich zu einem Date ausführen dürfte«, entrüstete Emma sich.

»Und deshalb bist du so schlecht gelaunt?«, wunderte Sandra sich.

»Ach quatsch. Die zwei Taugenichtse scheren mich nicht. Ich würde selbst dann nicht mit ihnen ausgehen, wenn sie als Gegenleistung im rosa Tutu über die Straße tanzen würden«, behauptete Emma. Sandra kicherte.

»Ich werde es Toni trotzdem vorschlagen«, überlegte sie.

»Und jetzt erzähl schon, was hat Mr. Bond ausgefressen? Ist er doch der Bösewicht und knallt heimlich Leute ab? Oder ist er verheiratet?«, fragte Sandra im Flüsterton.

»Wäre auf jeden Fall ein besseres Argument, um mich loszuwerden«, entgegnete Emma mürrisch.

»Er behauptet doch tatsächlich ganz frech,

ich würde mich mit verschiedensten Männern treffen und er wäre nicht gewollt, an einem Konkurrenzkampf teilzunehmen«, ärgerte sie sich. Sandra brach in schallendes Gelächter aus. Sie brauchte eine ganze Weile, bis sie sich wieder eingekriegt hatte.

»Emma das Freudenmädchen«, kicherte sie erneut los. Emma verschränkte beleidigt die Arme.

»Ich finde das gar nicht lustig. Außerdem habe ich nie darum gebeten, dass er mit mir ausgeht«, kritisierte sie.

»Hast du ihn denn gefragt, wie er zu der Annahme kommt?«, wollte Sandra endlich wieder vernünftig wissen.

»Was interessiert es mich? Er soll mich in Ruhe lassen. Spätestens wenn ich ihm von Jillian erzählt hätte, wäre er sowieso geflüchtet«, stellte Emma klar.

»Emma. Manchmal urteilst du zu schnell. Erst die Sache mit der Waffe, jetzt das. Oft gibt es ganz vernünftige Erklärungen dafür«, versuchte Sandra sie zu beruhigen.

»Ist doch egal. Er will mich nicht sehen und ich will ihn nicht sehen«, entschied Emma und kümmerte sich wieder um die Arbeit.

Es wurde ein langer Abend, an dem sie keine weitere Gelegenheit bekamen, sich groß zu unterhalten. Gegen zwei Uhr morgens stieß Toni zu ihnen. Er drehte die Musik auf und forderte alle anwesenden Frauen der Reihe nach zum Tanzen auf. Sandra hatte reichlich Spaß, auch wenn sie den

Tanz ablehnte. Emma knurrte ihn nur böse an und sortierte stattdessen lieber die Whiskyflaschen. Zuerst nach Alphabet und dann doch nach Datum.

Mit dieser stumpfsinnigen Arbeit war sie lange genug beschäftigt und als endlich gegen halb fünf der letzte Betrunkene torkelnd die Kneipe verließ, bot sie an alleine aufzuräumen und anschließend abzuschließen. So entging sie zumindest weiteren Gesprächen über Kilian.

Sandra legte den Schlüssel auf den Tisch und die zwei verschwanden durch die Hintertür zu ihren Autos.

Emma räumte die sauberen Teller in die Küche und löschte die Lichter. Bis auf die Musikbox und die Neonlichter der Theke wurde es augenblicklich dunkel. Sie schloss gerade die Kasse in den Safe im Büro ein, als sie von Vorne ein Geräusch hörte.

Sie war sich sicher gewesen, dass Sandra das Geöffnet-Schild abgenommen und die Türe verschlossen hatte, bevor sie mit Toni verschwunden war. Emmas Herz klopfte schnell vor Aufregung. Wer kam um die Zeit in die Bar. Diebe? Einbrechen? Mörder?

Unsinn, sprach sie zu sich. Keiner wusste, dass sie hier war. Es konnte nur jemand sein, der entweder betrunken war oder sich Geld erhoffte.

Entschlossen den Eindringling auf die Straße zu verfrachten, betrat sie die Stube.

»Nicht erschrecken. Ich bin es nur. Kilian.«

Kapitel 8

"Das Blatt wendet sich"

Sie hätte seine Stimme auch erkannt, wenn er seinen Namen nicht genannt hätte. Unter Tausenden hätte sie ihn herausgehört. Auch die Umrisse seiner dunklen Gestalt in der schwach beleuchteten Kneipe waren unverkennbar.

»Wir haben geschlossen«, sagte Emma kühl, räumte noch ein paar saubere Gläser weg und spülte den Lappen aus, mit dem sie vorhin die Tische gesäubert hatte.

»Ich weiß, ich habe gewartet und gehofft dich alleine anzutreffen«, offenbarte er. Emma ignorierte ihn, holte ihre Jacke und suchte auf dem Tisch nach den Schlüsseln. Sie waren nicht zu sehen.

»Suchst du die hier?«, fragte Kilian. Er hielt den Schlüsselbund in der Hand.

»Geben sie mir die Schlüssel. Ich will nach Hause. Der Tag war lang genug«, forderte sie und streckte die Hand aus. Er steckte sie in die Tasche seines Mantels. Emma schüttelte den Kopf, drehte sich um und wollte zur Tür hinausgehen. Abgeschlossen.

Sie machte kehrt und ging zur Hintertüre.

»Die ist ebenfalls zu«, bemerkte Kilian.

»Was soll das werden? Halten sie mich jetzt hier gefangen? Ich finde das gar nicht lustig«, schimpfte Emma und verschränkte die Arme.

»Ich möchte mit ihnen reden, Emma«, fing er schon wieder an.

»Ich aber nicht mit ihnen«, entschied sie.

»Und jetzt geben sie mir die Schlüssel.«

Er schüttelte den Kopf.

»Hör mir nur fünf Minuten zu«, versuchte er es erneut.

»Geben sie mir zuerst die Schlüssel«, beharrte Emma. Sie wollte sich nicht darauf hinablassen, ihn zu duzen.

»Ich fürchte, dass du dann einfach gehst und mir keine Chance gibst, irgendwas zu erklären«, überlegte Kilian.

»Natürlich werde ich das tun. Ich lasse mich doch nicht einsperren«, antwortete sie erbost.

»Bitte. Ich will nur mit dir reden«, sagte er und machte ein paar Schritte auf sie zu.

»Lass mich raus, Kilian«, verlangte sie.

»Erst wenn du mir zugehört hast«, blieb er dabei.

»Willst du mich umbringen?«, kam ihr plötzlich ein neuer und beunruhigender Gedanke. Kilian blieb stehen.

»Was? Wieso sollte ich das tun wollen?«, fragte er verwirrt. Er war vielleicht ein guter Schauspieler.

»Geben sie es zu, sie haben die Pistole dabei?«, versuchte sie ihn aus der Reserve zu locken und überlegte, ob sie in die Küche laufen sollte. Dort gab es sicher ein Messer.

Gegen eine Pistole hätte sie keine Chance.

»Woher weißt du von meinen Waffen?« Die Verwirrung stand jetzt deutlich in seinem Gesicht geschrieben. Es irritierte Emma ein wenig, dass er nicht versuchte es abzustreiten, aber der Inhalt seiner Worte war stärker.

»Oh schön, sie haben auch noch mehrere davon«, schnaubte sie.

»Das ist Teil meines Berufes«, sagte er ernst.

»Ach ja? Sind sie Serienmörder?«, rutschte es ihr heraus. Er lachte.

»Du hast eine blühende Fantasie, Emma. Es gibt viele Berufe, die eine Waffe erfordern. Zum Beispiel Soldat oder Polizist und du denkst zuerst, ich sei ein Verbrecher?« Sie wusste nicht woher es kam, aber die Art wie er mit ihr sprach ließ sie ruhiger werden. Sie schwieg und wusste nicht recht, was sie darauf erwidern sollte.

Kilian seufzte und setzte sich an einen der Tische.

»Ich arbeite für eine kleine private Firma, die sich um den Personenschutz einiger sehr reicher Menschen kümmert. Das ist zumindest der Grund, weshalb ich es nicht am Telefon erzählen wollte.

Es gibt eine Menge streng geheimer Information und die meisten Klienten wollen selbstverständlich unerkannt bleiben«, erklärte er, legte die Schlüssel auf den Tisch und schob sie zu ihr herüber.

»Es tut mir leid, Emma«, fügte er flüsternd hinzu.

Sie machte einen Schritt nach vorne, nahm den Bund an sich und ging wortlos zur Hintertür. Auf halbem Weg blieb sie stehen.

»Eine Frage hätte ich doch. Wieso das Ganze? Weshalb setzen sie alles daran, dass ich mit ihnen essen gehe, rufen mich an, sagen nette Dinge? Und erzählen mir dann, dass sie keine Lust hätten all das zu tun? Wollten sie irgendetwas beweisen? Wenn es nur um den Sex ging, den haben sie längst bekommen, also kein Grund sich weiter zu bemühen«, meinte sie.

»Darum ging es nicht, auch wenn dieser Abend mit Abstand der Beste in meinem bisherigen Leben war. Zumindest bis ich bemerkt habe, dass du gegangen warst«, behauptete er. Sie glaubte ihm kein Wort.

»Ich finde dich faszinierend, Emma. Ich kann nicht aufhören an dich zu denken. Du bist außergewöhnlich in dieser und jeder anderen Welt. Ich kann nur den Gedanken nicht ertragen, dass du jemand Anderen mir vorziehst. Ich dachte, ich könnte darüber hinwegsehen, aber es macht mich wahnsinnig«, endete er. Da war es schon wieder. Wieso dachte er, sie würde ihm jemanden vorziehen? Woher kam dieses Gerücht? Es konnte nichts anderes sein, immerhin hatte sie sich mit keinem Menschen getroffen, außer natürlich mit Sandra. Wer erzählte also diese Lügen über sie?

Es gab nur eine Person auf der Welt, die sie kannte, die ihr etwas böses wollte. Joanne. Konnte es wirklich sein, dass diese Frau sich in ihr Leben einmischte und versuchte sie fertig zu machen? Joanne war doch angeblich in Japan und interessierte sich nicht für Emmas Leben.

»Ich verstehe nicht, woher dieser Gedanke kommt. Hat Joanne ihnen diese Geschichten erzählt? Und was wissen sie sonst noch von ihr?«, fragte Emma und drehte sich jetzt zu Kilian um. Er saß noch immer mit dem Rücken zu ihr an dem kleinen Tisch.

»Joanne? Wer ist das?«, fragte er.

»Eine alte Gewitterziege«, wisperte Emma. Er schien sie nicht gehört zu haben.

»Ich habe mich mit ihrem Freund Bent unterhalten und gesehen, wie er mit ihnen spricht«, fuhr Kilian fort. Beinahe hätte Emma gelacht.

»Dieser blöde Lackaffe«, rutschte es ihr heraus.

»Wie bitte?«, fragte Kilian.

»Was hat Bent erzählt?«, überging sie seine Frage.

»Er sagte nur, dass sie mit ihm ausgehen und dass sie sich lange kennen würden«, berichtete er. Emma schnaubte und zog sich die Jacke über.

»Ich schwöre, wenn ich diesen Mistkerl in die Finger kriege, prügle ich ihm sein dämliches Grinsen aus dem Gesicht. Ich hätte nicht gedacht, dass ich Toni jemals recht geben würde, aber scheinbar kann man ihm tatsächlich nicht trauen«, schimpfte sie böse vor sich hin und suchte im schwachen Licht nach dem richtigen Schlüssel. Sie würde zu Gustav nach Hause gehen, diesen Bent aus dem Bett zerren und ihn so lange treten, bis er nichts mehr tun konnte, außer winseln.

»Vernehme ich zu recht, dass sie diesen Bent gar nicht mögen?«, riss Kilians Stimme sie aus ihren Hassgedanken. Sie wandte sich um. Er war aufgestanden und sah zu ihr herüber.

»Nicht mögen«, spottete sie.

»Ich kenne ihn seit Dienstag. Er hat letzte Woche meine Schicht übernommen, als ich frei hatte. Er hält sich für ganz super toll und meint er könnte mich zwingen, meinen freien Samstagvormittag mit ihm zu verbringen. Der wird sich umgucken. Ich sorge dafür, dass er keine angenehme Rückfahrt in seine Heimat hat.«

»Mit ihnen sollte man sich wohl besser nicht anlegen«, warf Kilian ein. Er war näher gekommen.

Sie sah ihn an. Da war er wieder, sein sehnsüchtiger Blick. Ihr Mund fühlte sich plötzlich ganz trocken an.

»Verzeihen sie mir diese Frage, aber was ist mit Toni? Sie sagten, sie hätten bei ihm übernachtet«, erinnerte er sie. Emma seufzte.

Nun für diese Annahme konnte sie ihm tatsächlich nicht böse sein. Vielleicht hätte sie diesen

Satz etwas anders ausdrücken sollen.

»Das ist einfach. Sandra und Toni sind seit Jahren meine Freunde. Sie haben mir ausgeholfen, weil es mir nicht so gut ging. Ich wollte nicht alleine in meiner Wohnung sein und weil Sandra diese wichtige Prüfung hatte, habe ich am Mittwoch bei Tonis Eltern auf dem Sofa geschlafen«, erklärte sie ihm. Weiter kam sie nicht, weil er sie plötzlich an sich drückte. Für den Bruchteil einer Sekunde setzten ihr Herz und ihre Atmung zeitgleich aus.

Sie spürte seinen Mantel in ihrem Gesicht. Der raue Wollstoff kratzte ein wenig auf der Haut. Der Duft von Vanille umhüllte und verwirrte sie beinahe mehr, als die überschwänglichen Handlung Kilians.

»Verzeihung«, murmelte er. Ließ sie los und trat einen Schritt zurück.

»Bitte. Lassen sie sich nicht aufhalten, Emma. Ich kann mich nur ein weiteres Mal für meine Mutmaßungen entschuldigen. Ich habe ihnen Unrecht getan, ihnen Angst eingejagt und ihnen ihre Zeit gestohlen«, zählte er auf.

»Ich habe keine Angst. Eine Waffe beunruhigt mich zwar, aber ich habe nie wirklich geglaubt, sie würden mich umbringen wollen«, sagte sie eilig, bevor ihre Stimme versagte.

»Wie haben sie es überhaupt herausgefunden?«, interessierte Kilian sich jetzt, da sie keine Anstalten machte zu verschwinden. Emma zuckte mit den Schultern.

»Ich habe die Toilette gesucht und bin zufällig in der Küche gelandet«, berichtete sie.

»Und obwohl sie mich für einen Mörder gehalten haben, haben sie sich ganz normal mit mir unterhalten«, stellt er überrascht fest.

»Man kann ja niemanden durchs Telefon erschießen«, murmelte sie.

Er lachte.

»Diese Art von ihnen werde ich wohl am meisten vermissen, wenn ich fort bin«, sagte er. »Das und ihre Lippen.«

Er hob die Hand und sie erwartete schon, dass er ihren Mund berühren würde, doch er strich ihr nur eine Haarsträhne aus dem Gesicht.

»Müssen sie wieder nach Paris?«, versuchte sie ruhig zu bleiben. Sie wünschte sich, dass er sie weiter berührte, aber er vergrub nur die Hände in den Taschen seiner Jacke.

»Nein. Ich habe beschlossen in meine Heimat zurückzukehren. Es war nie mein Plan für immer hier zu bleiben und mittlerweile ist es über vier Jahre her, dass ich mein Zuhause verlassen habe. Ich habe mich zwar einigermaßen angepasst, aber ich sehne mich doch ein wenig nach der einfachen Lebensweise. Das Leben hier verfliegt schnell und man macht ebenso schnell Fehler.« Sie wusste nicht ganz, was er meinte, aber es klang nach einem Abschied für immer. Sie musste ihn falsch verstanden haben.

»Und rufen sie wieder an, sobald sie dort sind?«, scherzte sie. Er schüttelte den Kopf.

»Wir haben dort keine Telefone«, erklärte er.

»Und was ist mit Postkarten?«, wollte sie wissen.

»Nein. Die gibt es auch nicht«, entgegnete er.

»Ich wünsche ihnen alles Gute, Emma«, verabschiedete er sich und ging ohne einen weiteren Blick Richtung Tür.

»Und verraten sie mir wenigstens, wann sie wieder zurück sein werden?«, fragte sie ein wenig verzweifelt und spürte, wie ihr eine Träne über die Wange lief. Mit der Hand auf der Klinke hielt er inne und drehte sich noch einmal um. Rasch wandte Emma das Gesicht ab und wischte sich mit dem Ärmel über die Augen. Sie war normalerweise nicht nah am Wasser gebaut. Es sei denn es ging um ihre Tochter.

»Ich… weinen sie?«, wollte er verblüfft wissen. Sie schüttelte den Kopf und hörte, wie er sich näherte.

»Was ist los, Emma?«, hörte sie ihn fragen. Sie schluckte ihre Gefühle herunter, setzte ihr freundliches Gesicht auf und drehte sich um.

»Bitte. Lassen sie sich nicht aufhalten, wenn sie gehen möchten. Es ist vermutlich das Beste. Spätestens wenn sie von Jillian erfahren hätten, wären sie ohnehin gegangen. Ich weiß wie es läuft«, versicherte sie ihm.

»Wer ist Jillian?«, erkundigte er sich. Sie zuckte mit den Schultern.

»Meine inzwischen fünfjährige Tochter, welche ich letzte Woche zum ersten Mal sehen durfte, seit Joanne sie mir weggenommen hat«, erwiderte sie.

»Man hat ihnen ein Kind weggenommen? Ich kann mir nicht vorstellen, dass sie eine schlechte Mutter sind«, meinte Kilian.

»Joanne sieht das vermutlich anders«, wisperte Emma.

»Bitte, erzählen sie mir die Geschichte«, bat er. Sie schüttelte den Kopf.

»Sie sollten jetzt gehen. Ich möchte kein Mitleid erregen«, beschloss sie.

»Oh, Emma. Ich wünschte wirklich, du würdest mich nicht zwingen zu gehen«, seufzte er und zupfte an einer ihrer krausen Locken herum.

»Was soll das heißen? Ich möchte doch gar nicht, dass du fortgehst«, sprach sie eilig und vergaß darüber hinaus ihn zu siezen. Er lächelte traurig.

»Süße Emma, wenn ich bleiben würde, könnte ich der Versuchung dich zu Küssen nicht länger widerstehen«, hauchte er.

»Dann bleib«, flehte sie und griff nach seiner freien Hand. Er verharrte mit ihrer Haarsträhne zwischen Daumen und Zeigefinger. Den Blick auf ihre Lippen gesenkt, als würde er abwägen, wie ernst sie es mit ihm meinte.

»Emma…«, fing er langsam an. Sie drehte sich um und schüttelte den Kopf.

»Ich wusste es. Dabei lebt Jillian nicht einmal bei mir. Ich werde sie vermutlich nie wieder sehen«, schimpfte sie.

»Bei deinem Temperament könnte man dich glatt für eine Tigerkatze halten«, hörte sie ihn lächeln.

»Was soll das heißen?«, hakte sie nach. An den Schultern drehte er sie zu sich um.

»Gar nichts«, schmunzelte er und dann endlich küsste er sie.

Es war als hätte ihr Körper auf diesen Moment gewartet, seit sie überstürzt aus Kilians Wohnung geflohen war. Sie legte ihre Arme um seinen Nacken und streckte sich ihm entgegen, während er ihre Hüften mit seinen großen Händen umschlossen hielt. Jegliche Zweifel versanken in dem Gefühl absolut sicher zu sein. Seine Lippen drängten sich ihr entgegen und ohne sich von ihm zu lösen, befreite sie sich aus ihrer viel zu warmen Jacke. Zwar war die Heizung in der Bar längst aus, doch seine Nähe erhöhte die Temperatur schlagartig. Seine Finger wanderten über ihren Rücken nach oben und vergruben sich in ihren Haaren.

»Ich habe mich so sehr nach dir gesehnt, Emma«, flüsterte er gegen ihre Lippen, bevor er sie wieder küsste.

»Du hast mich warten lassen«, warf sie ihm vor.

»Ich hoffe, du kannst mir verzeihen«, wisperte er.

»Entschuldigungen, die um sechs Uhr früh gemacht werden, sind selten aufrichtig«, sprach sie mit raschem Blick zur Uhr. Zu dieser Zeit war sie eher selten in der Bar. Gustav sorgte meistens dafür, dass die Gäste gegen vier nach Hause gingen, damit sie und Sandra nicht zu viel arbeiteten. Zudem wusste er, dass Emma Samstags oft Termine mit den älteren Leuten hatte. Heute jedoch hatte sie den Vormittag frei.

»Könnten sie sich vorstellen, in einer Welt zu leben, in der es keine Uhren gibt, Emma?«, holte Kilian sie aus ihren Gedanken.

»Dann wäre ich vermutlich noch viel unpünktlicher«, murmelte sie um biss sich auf die Unterlippe.

»Mit Unpünktlichkeit kann ich leben, aber das ständige auf die Uhr sehen, werde ich ihnen abgewöhnen müssen. Man hat nicht automatisch mehr Zeit im Leben, nur weil man sie im Blick behält«, entschied Kilian, hob sie hoch und setzte sie mit dem Rücken zur Uhr auf die Theke. Sie waren jetzt auf einer Augenhöhe. Emma funkelte ihn herausfordernd an.

»Sie sind Schuld, wenn ich meinen Job verliere«, drohte sie. Er zuckte mit den Schultern.

»Das nehme ich in Kauf«, gab er zurück und strich sanft mit den Fingern über ihren Knöchel und das Schienbein. Während sich seine Hand einen Weg unter ihren Rock bahnte, küsste er ihren Hals. Emma schloss die Augen und stützte sich mit den Händen auf dem Tresen ab. Versehentlich stieß sie gegen eines der Gläser, welches umkippte und über das Holz rollte, bis es über die Kante ging und auf den Fliesen zerschellte.

»Nummer vier«, zählte Emma.

»Was?«, machte Kilian.

»Ach nichts«, murmelte sie, nahm sein Gesicht in die Hände und küsste ihn. Seine Bartstoppeln kratzten ein wenig, aber seine Lippen waren weich.

Sie seufzte, als seine Finger den Stoff ihres Slips streichelten. Er trug noch immer seinen Mantel, doch sobald sie nach den Knöpfen tastete, machte er einen Schritt zurück und umfasste ihre Hände.

»Das ist keine gute Idee. Ich bin direkt von der Arbeit hergekommen und hatte bisher keine Gelegenheit mich umzuziehen«, sprach er.

»Was sollst? Ich habe meine Arbeit nicht einmal verlassen und mein Kleid hat mindestens zwei Ladungen Bier abbekommen«, meinte sie. Kilian lachte leise.

»Das mag sein, Emma. Aber du trägst bei der Arbeit auch keine Waffe«, offenbarte er.

Sie rückte im Sitzen nach hinten und zog skeptisch die Augenbrauen hoch.

»Du trägst in diesem Moment eine Pistole?«, hakte sie nach.

»Unter anderem«, gab er zu.

»Doch ein wenig ängstlich?«, zog er sie auf. Sie schnaubte.

»Angst vor ihnen, Mr. Bond? Ganz sicher nicht«, behauptete sie und versuchte nicht darüber nachzudenken, was er mit *unter anderem* meinte.

»Wie bitte?«, fragte er amüsiert.

»Der große Kinoheld, ein Geheimagent. Sandra ist ein riesen Fan und hat gemeint, du seist ebenfalls ein Spion und würdest ihm ähnlich sehen«, erklärte sie.

»Das fasse ich jetzt mal als Kompliment auf«, entgegnete er, packte sie an den Hüften und zog sie wieder an sich heran.

»Du gehst also nie ins Kino«, interpretierte sie und fuhr mit dem Finger die Kanten des Mantelkragens entlang.

»Mögen sie Filme, Emma?«, fragte er interessiert.

»Mir fehlt einfach die Geduld bis zum Ende durchzuhalten. Ich schaue mir meistens nur die ersten und die letzten fünf Minuten an«, gestand sie. Er lachte.

»Das hätte ich mir denken können«, sagte Kilian und betrachtete sie eine Weile.

»Komm, ich fahre dich nach Hause. Es ist spät«, entschied er.

»Wer schaut jetzt auf die Uhr?«, neckte Emma ihn und hüpfte von der Theke, wobei sie eine der Scherben mit dem Absatz ihres Schuhs zertrat. Das hatte sie beinahe vergessen.

»Aber ich bin tatsächlich müde«, seufzte sie. In den vergangenen Tagen hatte sie nicht wirklich viel Schlaf bekommen. Um ihre Finger zu schonen, schnappte sie sich ein Kehrblech und den Besen.

Sie fegte die Glassplitter zusammen und holte ihre Jacke.

Kilian öffnete den Ausgang zum Parkplatz.

Emma verengte die Augen zu Schlitzen.

»Es war die ganze Zeit offen?«, erkundigte sie

sich. Er setzte eine entschuldigende Miene auf.

»Erwischt, ich habe geblufft. Ich wäre nie auf die Idee gekommen, dich gegen deinen Willen festzuhalten«, versicherte Kilian ihr.

Sie folgte ihm nach Draußen und verriegelte die Kneipe.

Als sie sich umdrehte, hielt Kilian ihr bereits die Beifahrertür seines Autos auf. Sie stieg ein und streifte sich die Schuhe von den Füßen. Gähnend lehnte sie sich im Polster zurück.

»Wohin darf ich sie entführen?«, fragte Kilian förmlich.

»In eine verzauberte Welt, bedeckt von Schnee«, schlug sie vor.

»Vielleicht ein anderes Mal«, lächelte er, woraufhin sie ihm ihre Adresse nannte und sich nach hinten lehnte.

Kapitel 9

"Neue Regeln"

Der Regen trommelte mit seinen kühlen Fingern gegen das Fenster ihrer Wohnung.

Emma drehte sich auf den Rücken und merkte sogleich, dass sie nicht alleine war.

Kilian lag neben ihr und schlief. Sie erinnerte sich nicht daran, wie sie hier hergekommen war. Sie musste in seinem Wagen eingeschlafen sein. Er hatte sie hier heraufgetragen, ihr die Jacke ausgezogen und sie ins Bett gelegt. Dann war er geblieben.

Es störte sie nicht, dass er noch da war. Ganz im Gegenteil, sie war froh, dass er sie nicht alleine gelassen hatte.

Sie ertappte sich selbst dabei, wie ihr Blick zum Wecker huschte.

Es war zehn Uhr. Zu früh, um aufzustehen, dachte sie sich und betrachtete Kilian.

Er hatte seine Sachen abgelegt und trug nichts, als eine Shorts und ein Unterhemd. Er hatte ihr die

Decke überlassen, aber er machte nicht den Eindruck, als würde er frieren.

Das dunkle Haar hing ihm in die Stirn. Ein paar Stoppeln zierten seine Wangen. Sonst hatte er sie immer glatt rasiert. Ihr Blick wanderte weiter über seinen Oberkörper und die Arme. Noch einmal blieben ihre Augen an der Narbe hängen und sie fragte sich, wodurch sie entstanden war.

Im Schlaf murmelte er leise etwas und sie glaubte, ihren Namen herauszuhören.

Ein wenig zögernd rückte sie näher an ihn heran, warf die Hälfte der Decke über ihn und legte den Kopf auf seine Brust. Sie lauschte dem gleichmäßigen Klopfen seines Herzens und spürte ihr eigenes schneller pochen, als er den Arm um sie schlang und sie enger an sich zog.

Sie rieb ihre Nase an seinem Oberteil und nahm den vertrauten Duft auf.

Ein Kribbeln wanderte durch ihren Körper und sie konnte sich nicht davon abhalten, mit den Fingerspitzen unter sein Hemd zu gleiten und über seinen Bauch zu streichen. Sie hatte sich danach gesehen, ihn berühren zu können, seit er am Dienstag Abend in der Bar aufgetaucht war, vielleicht schon eher.

Jede Nacht hatte sie das Bild des Eiffelturms betrachtet, mit den Fingern darüber gestrichen und sich gewünscht, das selbe mit seiner Haut machen zu dürfen.

Womit sie nicht gerechnet hatte, war Kilians Reaktion. Seine Bauchmuskeln spannten sich an, er atmete hörbar auf erzitterte leicht.

»Es kostet mich bereits all meine Vernunft, sie respektvoll zu behandeln und ihnen ein wenig Schlaf zu gönnen, Emma«, flüsterte er, griff nach ihren Fingern und küsste sanft die Kuppen. Sie fuhr mit dem Zeigefinger zwischen seine Lippen und stieß sacht gegen seine Zähne.

»Ich bin nicht mehr müde«, wisperte sie zurück und richtete sich leicht auf. Er hielt die Augen weiterhin geschlossen.

»Sie brauchen beinahe so wenig Schlaf, wie ein Drache«, merkte er an. Sie lachte leise.

»Wie viel schläft ein Drache denn?«, fragte sie scherzhaft und steckte erneut ihre Hände unter sein Oberteil. Er seufzte nur leise und wandte den Kopf in die andere Richtung.

Sie beugte sich vor und küsste die Stelle unterhalb seines Nabels, woraufhin sie ihn unverständlich brummen hörte.

Emma tat als habe sie es nicht bemerkt und ließ die Hände tiefer gleiten, über seine Oberschenkel, bis zu den Knien und an der Innenseite wieder nach oben. Seine Erregung war deutlich zu sehen und sie verspürte den Wunsch, ihm die Hose herunterzureißen und ihn zu kosten. Ihr eigener Körper bebte, als sie eine Hand auf seine Shorts legte und sanft über das steife Glied streichelte.

»Emma, bitte. Was soll das werden?«, keuchte Kilian. Dieses Mal war sie diejenige, die nicht antwortete. Doch als sie am Bund seiner Hose zog und ihn entkleidete, packte er ihre Hände. Er hielt sie auf seinen Brustkorb gefangen, damit sie ihn nicht weiter ausziehen konnte. Was er nicht bemerkt, da er die Augen weiter geschlossen hielt, war die Tatsache, dass er ihr durch seine Geste unbeabsichtigt eine freie Sicht auf sein bestes Stück bot.

Emma zögerte nicht lange, senkte den Kopf und umschloss die Eichel mit ihren Lippen. Das überraschte Stöhnen von Kilian trieb sie dazu an, sich weiter über ihn zu senken. Mit der Zunge leckte sie spielerisch über die Spitze seines harten Penis und saugte kurz daran. Erregt umklammerte er ihre Hände, während sie ihn tiefer in sich aufnahm. Der Geschmack war so intensiv, dass ihr beinahe schwindelig wurde.

Mit einem Mal zog er sie an den Händen nach oben, warf sie auf den Rücken und rollte sich auf sie.

»Verdammt, Emma«, schimpfte er leise. »Mach mich nicht verrückt.«

Sie kicherte und ließ es zu, dass er ihren Hals küsste. Ihre Hände hielt er weiterhin über ihrem Kopf verkeilt. Sie war seine Gefangene.

»Selbst Schuld. Du hättest ja gehen können, während ich geschlafen habe«, wisperte sie und schlang ihre Beine um seinen Körper.

»Das hätte ich nicht«, behauptete er und betrachtete sie voller Leidenschaft. Ihr Unterleib zog sich zusammen.

»Aber jetzt wo ich wach bin, was machen wir heute?«, fragte er und strich mit dem kleinen Finger über ihr Handgelenk, bis zu ihrer Ellbeuge.

»Um ehrlich zu sein, ich möchte dringend dieses Kleid loswerden und mich frisch machen«, gestand sie. Wenn sie irgendetwas in ihrer Wohnung vermisst hatte, dann ihre Badewanne.

»Wie sie wünschen«, lächelte er und ließ sie aufstehen.

Sobald sie neben dem Bett stand, zog sie langsam ihr Kleid aus, wohl wissend dass Kilian sie beobachtete. Nur mit Unterwäsche bekleidet ging sie zum Badezimmer und schloss die Türe hinter sich. Sie drehte das Wasser auf, setzte sich auf den Rand der Wanne und wartete. Keine Minute später betrat Kilian den Raum. Ohne ein Wort zu sagen, nahm er ihr Gesicht zwischen seine mächtigen Hände und küsste sie.

Seine Zunge tastete sich vor und bereitwillig öffnete sie den Mund, um ihn einzulassen. Sie krallte sich an das Metall der Badewanne und streckte sich ihm entgegen. Seine Finger wanderten über ihren Hals und die Schultern. Durch den Stoff ihres BHs umspielten seine Daumen ihre festen Brustwarzen. Sie stöhnte leicht und erhob sich. Kilian verweilte nicht lange an ihrem Höschen und zog es herunter. Sie hob nacheinander die Beine und stieg direkt in das heiße Wasser. Emma setzte sich und beobachtet ihn.

»Wenn du hereinkommen willst, musst du dich ausziehen«, forderte sie und hielt ein Bein direkt unter den kleinen Wasserhahn, so dass er einen kurzen Blick zwischen ihre Schenkel werfen konnte.

Kilian ließ sich kein zweites Mal bitten. Er zog das Unterhemd und die Shorts aus und kletterte zu ihr in die Wanne.

»Man ist das heiß«, meinte er und verzog das Gesicht. Sie grinste frech und fuhr mit ihren Zehen über seinen Oberkörper.

Kilian griff nach ihrem Fußgelenk und führte es an seinen Mund, um die Innenseite zu küssen. Sie schloss die Augen und legte den Kopf in den Nacken. Seine Lippen wanderten weiter bis zur Kniekehle, dann lösten seine Finger sie ab und setzten den Weg zu ihrer Leiste fort. Doch statt ihr den Gefallen zu tun und die empfindliche Stelle zwischen ihren Beinen zu berühren, schnappte Kilian sich ihren Unterarm und zog sie in seine Arme, so dass sie sich mit dem Rücken gegen seine Brust lehnen konnte.

»Du bist wirklich die größte Versuchung von allen, Emma«, flüsterte er ihr ins Ohr und ließ seine Hände über ihren Bauch gleiten. Im Lendenbereich spürte sie seine Lust. Er zog sie fester in seine Arme und schob eine Hand unter die Spitze ihres BHs. Ihre Brust passte perfekt in seine Hand. Sie wandte den Kopf, um ihn zu küssen, während er sie so umklammerte. Mit Daumen und Zeigefinger spielte er an ihrem Nippel herum, während die zweite Hand noch immer auf ihrem Bauch ruhte und eine Wärme verteilte, die dem heißen Badewasser Konkurrenz machte.

Kilian zog seine Hände zurück, um ihre Brüste des lästigen Kleidungsstückes zu entledigen. Er ließ seine Zunge über ihren Nacken gleiten und massierte zeitgleich eine ihrer Brüste. Sie keuchte vor Erregung und presste sich gegen seine Erektion in ihrem unteren Rücken.

Als seine zweite Hand zwischen ihre Beine und direkt weiter in ihre Spalte glitt, entfuhr ihr ein leiser Schrei und sie krallte sich in seine Oberschenkel.

»Nicht so grob, Kätzchen«, zischte er und zog seine Hand zurück. Er legte zwei Finger auf ihren Kitzler und machte kleine kreisende Bewegungen. Emma streckte sich dieser Berührung entgegen und stöhnte.

Es hallte merkwürdig nach, in dem kleinen Badezimmer. Und sie biss sich auf die Lippen, um einen weiteren Laut ihrerseits zu unterdrücken.

»Halte dich nicht zurück, Emma«, flüsterte er weiter und beschleunigte das Tempo.

»Ich will dich spüren«, keuchte sie und wollte sich zu ihm umdrehen, doch er packte stattdessen ihre Taille und hob sie auf seinen Schoß. Ganz langsam setzte er sie auf sich. Seine Eichel bahnte sich den Weg zwischen ihre Schamlippen. Er führte ihre Bewegungen, so dass er zuerst nur ganz kurz und dann immer tiefer in sie vordrang. Kilian hob und senkte ihr Becken. Sein Glied füllte sie aus und weil sie nicht recht wusste, wohin sie ihre Hände legen sollte, hielt sie sich mit einer Hand am Wannenrand fest, während sie die Andere zwischen ihre Schenkel schob. Sie streichelte die Innenseite seiner Oberschenkel und fuhr immer wieder mit dem Daumen über die äußerst empfindsame Stelle zwischen ihren gespreizten Beinen. Emma folgte seinem Rhythmus, während sie abwechselnd sich selbst und dann wieder ihn berührte.

Ihr Stöhnen spornte ihn an sie fester zu packen und tiefer in sie einzudringen. Sie spürte, dass sie es nicht mehr lange zurückhalten könnte und zog ihre Finger zurück.

»Es macht mich an, wenn du dich selbst befriedigst, während ich in dir bin«, hörte sie Kilians tiefe Stimme. Sein heißer Atem kitzelte ihr Ohr.

Wieder schob sie die Finger zwischen ihre Beine und entfachte diese Lust.

Mit einem heiseren Schrei explodierten die Gefühle und ihre Vulva zog sich heftig zusammen. Ihr ganzer Körper schien unter Spannung zu stehen, während sie kam. Kilian stieß noch zweimal tief in sie hinein, bevor er sie feste auf sein Glied presste und sich warm in ihr ergoss. Es war ein unbeschreiblich intensives Gefühl ihm so nah zu sein.

Sobald er sie los ließ, erhob sie sich von seinem Schoß und drehte sich, um ihn endlich wieder küssen zu können.

Die Tatsache, dass sie kein Kondom benutzt hatten, beunruhigte sie nur minimal. Ihre Periode war gerade erst vorbei und die Wahrscheinlichkeit schwanger zu werden, war schwindend gering. Zudem sagte man doch, dass Wasser ein tödlicher Gegner für Sperma war. Bisher hatte sie nie geglaubt, dass soetwas jemals eine Rolle in ihrem Dasein spielen konnte, doch mit Kilian schien das Leben ein anderes zu sein. Er strich ihr sanft die feuchten Haare aus dem Gesicht. Und küsste sie zärtlich. Dann stieg er aus dem Wasser. Sie beobachtete, wie die Tropfen über seinen Rücken rollten, bevor er sich eines ihrer Handtücher nahm.

»Kann ich kurz dein Telefon benutzen?«, fragte er. Sie nickte und ließ sich bis zum Kinn in das Badewasser gleiten. Es war längst nicht mehr warm genug, für ihre glühende Haut.

Sobald er den Raum verlassen hatte, wusch sie sich die Haare, ließ das Wasser ab und hüllte sich in ein Badetuch. Dann riss sie das Fenster auf, um ein wenig Sauerstoff hereinzulassen. Regen fiel auf ihre nackten Arme und benetzte den Boden.

Sie sog die kühle Luft ein, bevor sie das Fenster wieder schloss, um Kilian in den Wohnraum zu folgen.

Er lehnte lässig an der Küchenzeile, in einer Hand den kleinen Telefonapparat, in der anderen den Hörer. Er trug seine Hose vom Vortag und hatte sich das Hemd übergeworfen, aber noch nicht zugeknöpft. So hatte sie freie Sicht auf seine Bauchmuskeln. Seine nassen Haare tropften und er lächelte ihr zu. Er wärmte ihr Herz und entfachte ein kleines Feuer in ihrem Bauch.

»Du weißt doch, dass ich morgen den ganzen Tag auf dieser Eröffnungsfeier sein werde, Patrick«, sprach er gerade. Sie wandte sich zur Kommode und zog die obere Schublade auf. Sie wollte ihn weder stören, noch den Eindruck hinterlassen ihn zu belauschen.

»Wie wäre es mit Montag?«, fragte Kilian jetzt.

Emma legte das Handtuch bei Seite und schlüpfte in ihre Unterwäsche. Sie fühlte sich beobachtet, aber sie tat, als bemerke sie es nicht. Dennoch zog sie den Slip etwas langsamer über ihren Po nach oben, als sie es normalerweise tat.

Sie holte eines ihrer Kleider aus dem Schrank.

»Wenn es sein muss, auch heute Abend, aber es wird spät«, seufzte Kilian und legte auf.

Im nächsten Moment schlang er von hinten die Arme um ihre Mitte und zog sie an sich.

»Tu das nicht«, wisperte er mit vor Verlangen rauer Stimme in ihr Ohr und knabberte leicht daran.

»Was denn?«, wollte sie herausfordernd wissen und drehte sich schwungvoll um. Er nahm ihr das Kleid aus der Hand und hielt es hoch über seinen Kopf.

»Herr Falkner, würden sie mir bitte auf der Stelle meine Kleidung zurückgeben«, forderte sie und versuchte auf Zehenspitzen hopsend den Stoff zu erwischen. Ihre Finger haschten ins Leere. Er grinste überlegen.

»Welchen Vorteil hätte ich dadurch?«, wollte er hören.

Sein kleines Spielchen wurde jäh von einem Klingeln an der Tür unterbrochen. Ihr erster Gedanke war Joanne.

Das Blut gefror in ihren Adern. Konnte das möglich sein?

Sie ist in Japan, erinnerte sie sich erneut.

»Erwartest du Besuch?« Kilian reichte ihr das Kleid.

»Nicht das ich wüsste«, murmelte Emma und schlüpfte zwischen die Falten des Rocks. Kilian setzte sich in ihren alten Lehnstuhl und zog interessiert eines der Bücher aus dem schmalen Regal. Unterdessen ging Emma zur Tür, öffnete sie und drückte den kleinen Knopf neben dem Lichtschalter. Ein Surren erklang zeitgleich und jemand betrat den Flur.

Es waren weder Joannes forsche Schritte, noch Sandras übermütiges Gehopse, welches sie zweifelsohne erkannt hätte. Ein Gesicht tauchte am oberen Treppenabsatz auf.

Das hatte sie beinahe vergessen.

»Oh Perfekt«, stellte sie mit bösem Unterton fest. Ohne lange zu überlegen, bückte sie sich und griff nach ihren Pumps, welche unter der Garderobe standen, als hätten sie ihr Leben lang auf eine solche Gelegenheit gewartet. Ohne Vorwarnung schleuderte sie erst den Linken und dann den Rechten entgegen ihres Besuchers. Der Erste traf sein Ziel und landete in Bents überraschtem Gesicht. Dem Zweiten wich er bedauerlicherweise gerade noch rechtzeitig aus.

»Wow, ganz ruhig«, lachte der und hob beschwichtigend die Arme. Vielleicht hielt er das ganze für einen Witz. Sein blödes Grinsen machte Emma nur wütender. Wieder bückte sie sich.

Kilians wesentlich massivere Schuhe lagen in Reichweite. Um so besser, dachte sie bei sich.

Statt auszuweichen wehrte Bent den Einen mit seinem Unterarm ab, während er den Zweiten auffing.

»Verzieh dich, du blöder Affe. Ich habe noch mehr Dinge, die ich nach dir werfen kann«, rief sie und griff nach ihrer Handtasche.

Sie kam gar nicht erst dazu, das gute Stück zu werfen. Sie spürte Kilians Finger an ihrem Handgelenk. Sanft, aber bestimmt hielt er sie fest.

»Tief durchatmen«, raunte er ihr zu.

»Ah, daher weht der Wind«, verstand Bent sogleich. »Mr. Bond ist mir wohl zuvorgekommen.«

»Eine Frechheit, dass du es überhaupt wagst, hier aufzutauchen«, fauchte Emma ihn an.

»Ich habe die Wette gewonnen und wenn du der Preis bist, lasse ich mir das nicht entgehen«, grinste er weiterhin.

»Was interessiert mich eure dämliche Wette. Ich wette, dir vergeht dein dummes Lachen, wenn ich mit dir fertig bin«, drohte sie und wollte auf ihn losstürmen, um ihn zu boxen.

Kilian hob sie kurzer Hand hoch und beförderte sie zurück in ihre Wohnung.

»Ich kümmere mich darum«, meinte er, packte Bent am Ärmel und nahm ihr die Sicht, indem er die Türe zuzog.

Emma hörte wie sie das Treppenhaus verließen. Zwar konnte sie die Worte nicht verstehen, aber scheinbar machte Bent einen riesigen

Aufstand.

Das kam sicher gut bei ihren Nachbarn an, dachte sie bei sich und knabberte nervös an ihrer Lippe herum. Liebend gern wäre sie hinterhergelaufen, aber sie fürchtete, dass es die gesamte Situation nicht entschärfen würde. Hoffentlich tat Kilian nichts unüberlegtes und hoffentlich kam er heil aus der Sache heraus.

Sie stand noch immer reglos da, als es klopfte.

Emma riss die Türe auf und machte sich für alles bereit.

Kilian streckte ihr die Schuhe entgegen, welche sie als Wurfmittel missbraucht hatte. Zögernd nahm sie diese an sich und machte ihm Platz, damit er hereinkommen konnte.

»Was hast du getan?«, fragte sie mit hochgezogenen Augenbrauen.

»Nichts, das du nicht auch getan hättest«, antwortete er wenig informativ.

Empört verschränkte sie die Arme.

»Ich glaube kaum, dass ich ihm etwas angetan hätte.«

»Da bin ich mir nicht ganz sicher«, entgegnete er belustigt.

»Er ist doppelt so breit und vermutlich viermal stärker als ich«, sagte sie nachdrücklich.

»Ich habe ihm ins Gesicht geboxt, sonst nichts«, meinte Kilian achselzuckend.

»Und jetzt lassen sie uns etwas essen gehen«, schlug er vor und nahm seine Jacke von der Garderobe.

»Halt, halt, halt«, warf sie ein. »Ich glaube, wir brauchen ein paar Regeln«, entschied sie.

»Regeln?«, lächelte er.

»Ich habe nicht die Möglichkeit auswärts essen zu gehen und du kannst nicht ständig für mich bezahlen. Dieser Wechsel zwischen siezen und duzen muss aufhören. Das verwirrt mich und ich möchte nicht, dass du dich meinetwegen prügelst«, zählte sie auf.

»Ok, ich werde niemanden mehr schlagen«, willigte er ein, packte sie und warf sie über seine Schulter.

»Lass mich runter. Was soll das werden?«, kreischte sie lachend.

»Ich werde sie ins Restaurant ausführen«, neckte er sie.

Kapitel 10

"Ein Neuanfang"

Sein letzter Kuss brannte noch auf ihren Lippen. Ihre Wangen glühten und sie fühlte sich, als wäre sie wieder einmal den Weg von ihrer Wohnung bis zur Kneipe gerannt. Dabei hatte Kilian sie mit dem Wagen bis auf den Parkplatz hinter der Bar gefahren.

Sie hatte gar nicht aussteigen wollen, aber die Arbeit rief und auch er hatte diesem Patrick versprochen, sich heute Abend mit ihm zu treffen.

Seine Lippen auf ihren hatten die Entscheidung auszusteigen, nicht gerade vereinfacht.

Emma stolperte in die Bar. Es war bereits fünf nach zehn. Mist. Trotzdem zu spät, schimpfte sie in Gedanken mit sich selbst.

»Hey, Emma«, grüßte Sandra und betrachtete sie von Kopf bis Fuß, als wollte sie sie röntgen.

»Na. Hast du den Tag im Bett verbracht«, zwinkerte sie anschließend.

»Nein und ich weiß nicht, was du meinst«, behauptete Emma und versuchte die aufsteigende Hitze zurückzuhalten. Sandra kannte sie zu gut.

»Man sieht es dir an der Nasenspitze an.«

»Was kann man sehen?«, fragte Toni misstrauisch und musterte sie, als habe sie eine ansteckende Krankheit.

»Den Sex«, raunte Sandra ihm gerade so laut zu, dass es keiner außer ihnen hörte.

»Gar nicht wahr«, startete Emma einen letzten Versuch.

»Oh Verzeihung, den guten Sex«, korrigierte Sandra sich schelmisch. Emma funkelte sie böse an.

»Spinnst du?«, fuhr Toni sie an. »Du hast mit meinem Cousin geschlafen?«

»Igitt, nein«, stellte Emma klar.

»Wieso mit Bent?«, fragte Sandra zeitgleich.

»Sie hatten heute eine Verabredung«, ignorierte Toni Emma. Langsam wurde es ihr zu bunt.

»Emma! Ich weiß ja, dass du total verrückte Dinge machst, aber das hätte ich nie von dir gedacht«, flüsterte Sandra schockiert.

»Ach, dann ist Bent gar nicht mehr bei euch Zuhause gewesen, nachdem er versucht hat, mir einen Besuch abzustatten?«, wollte Emma von Toni wissen und verschränkte die Arm vor der Brust. Ihr veränderter Tonfall brachte ihr wieder seine Aufmerksamkeit.

»Hä«, machte er nur.

»Ich war zwar nicht dabei, als Kilian ihm ins Gesicht geschlagen hat, aber ich gehe davon aus, dass er Kraft hat«, erwiderte sie gelassen.

»Das hat er getan?«, fragte Sandra mit einer Mischung aus Entsetzen und Begeisterung, wobei sie Toni ignorierte, der fragte, wer Kilian sei.

»Zumindest ist es das, was er mir erzählt hat«, murmelte Emma.

»Und seid ihr jetzt zusammen?«, interessierte Sandra sich für das Wesentliche.

»Du weißt, dass ich dafür keine…«, fing Emma an, doch ihre Freundin presste ihr die Hand auf den Mund.

»Verdammt, Emma. Tu ein einziges Mal im Leben etwas nur für dich«, schimpfte sie und nahm die Hand runter, als Emma stumm nickte.

»Ich werde es versuchen«, versprach sie.

»Blöde Kuh«, murrte Toni und verschwand im Büro seines Vaters.

»Lass ihn schmollen«, kommentierte Sandra schulterzuckend, bevor Emma etwas sagen konnte. Vermutlich hatte sie recht und es war das Beste.

»Holt Kilian dich später ab?«, erkundigte Sandra sich. Emma schüttelte den Kopf.

»Nein. Vor fünf kommen wir sicher nicht hier raus. Er muss morgen früh zu irgendeiner Eröffnungsfeier und den ganzen Tag arbeiten. Ich will nicht die Schuld dafür tragen, dass er unkonzentriert ist, weil er nicht genug Schlaf bekommen hat. Nachher passiert noch etwas.« Den letzten Satz sagte sie mehr zu sich selbst.

»Was sollte denn passieren?«, fragte Sandra

verwirrt.

»Das erkläre ich dir ein anderes Mal«, meinte Emma. Sie wollte nicht an einem Ort wie diesem von Kilians Arbeit erzählen. Zumal sie gar nicht wusste, ob er es überhaupt gutheißen würde, wenn sie Sandra davon berichtete.

»Wie du magst, aber sag mal, was hältst du davon, wenn ich nach der Arbeit mit zu dir komme. Du schuldest mir noch eine Übernachtungsparty, nachdem du letzte Woche zwei Tage mein Sofa eingenommen hast«, grinste Sandra.

»Ich habe prinzipiell nichts dagegen, aber was ist mit Jan? Habt ihr Streit?«, fragte Emma besorgt. Normalerweise übernachteten die Zwei jedes Wochenende beieinander.

»Er ist in Köln, bei seiner Familie. Er sagte, er müsse dort einige wichtige Dinge klären«, offenbarte Sandra.

»Dann ist es entschieden. Du kommst nachher mit zu mir«, lächelte Emma. Sie war froh, die Nacht nicht alleine in ihrer winzigen Wohnung verbringen zu müssen.

»Geht es dir gut?«, fragte Emma, während sie die Wohnung betraten. Ihre Freundin war ungewöhnlich still.

»Ja und nein. Ich muss dir etwas erzählen, aber ich weiß nicht, wie ich es sagen soll.«

Sandra seufzte schwer und warf sich auf Emmas Bett.

»Sag mal, versteckst du Geld in deiner Matratze?«, fragte sie und griff zwischen die Laken. Noch während sie den Umschlag hervorzog, traf es Emma mit voller Wucht.

Sie hatte die Kunstakademie vergessen.

»Nein, nein, nein«, wiederholte sie in einem fort und zog Sandra die Unterlagen aus der Hand.

»Was ist das?«, fragte die neugierig.

»Welches Datum haben wir heute?«, wollte Emma wissen und fischte das vordere Blatt heraus.

»Den 4. November glaube ich«, murmelte Sandra.

»Na klasse, da arbeite ich all die Jahre nur dafür und dann vergesse ich es«, stöhnte sie und warf den Brief aufs Bett.

Sandra griff danach und las das Schreiben der Kunstakademie.

»Sie haben dich angenommen? Das ist doch großartig«, freute sie sich.

»Ich habe weder den Vertrag zurückgeschickt, noch Geld überwiesen. Die Frist ist abgelaufen«, klärte Emma sie auf.

»Und du behauptest, du seist nicht verliebt«, entgegnete Sandra.

»Das ist nicht der Grund. Ich hatte es gerade erst gelesen, als Joanne plötzlich mit Jillian vor meiner Tür stand. Sie hat alles andere in den Schatten gestellt. Du kennst Davids Mutter. Sie kann einen fertig machen«, sagte Emma verzweifelt. Sandra nahm sie in den Arm.

Ruf Morgen in der Akademie an und erzähl

ihnen, dass dir etwas dazwischen gekommen ist. Frag, ob du den Vertrag noch abschicken kannst, oder fahr direkt persönlich vorbei und gib ihn ab. Vielleicht klappt es ja doch noch«, redete Sandra ihr gut zu.

»Vielleicht«, wiederholte Emma flüsternd und starrte einen Moment in die Leere.

Was erwartet sie von ihrem Leben, ihrer Zukunft? Bis vor drei Wochen war sie sich absolut sicher gewesen, alles für das Malen und die Kunst zu tun. Sie hatte viel gearbeitet, Geld gespart, auf alles verzichtet, nur um auf diese Schule zu dürfen. Sie hatte das Zeichnen zu ihrem Beruf machen wollen, hatte darin ihre Bestimmung gesehen. Und plötzlich war es ihrem Leben so fern. Seit Wochen hatte sie keinen Stift mehr in die Hand genommen, nicht über raues Papier gestrichen und keinen Gedanken an Farben verschwendet. Sie strich lieber über Kilians Haut oder verlor sich in der Farbe seiner dunklen Augen.

Wenn sie an die Zukunft dachte, sah sie Jillian, wie sie mit ihr in ein Haus ziehen würde. In ihrer Fantasie war Kilian auch dabei, doch sie wusste, dass dieser Traum undenkbar war.

Sie wünschte, ihr Ziel wäre so klar, wie das von Sandra. Sie hatte ihre Karriere vor Augen und einen Mann an ihrer Seite, dessen Vorstellungen perfekt zu den ihren passten.

Es gab keine Ungewissheiten, oder doch?

»Du wolltest mir etwas erzählen«, erinnerte Emma sich. Sandra knabberte nervös an ihren lackierten Fingernägeln.

»Jan hat ein Jobangebot in der Schweiz bekommen. Du weißt, er ist einer der Besten im Studiengang und er hat die Möglichkeit eine Menge Geld zu verdienen«, sagte Sandra sehr schnell.

»In der Schweiz?«, fragte Emma entsetzt.

»Will er es annehmen? Was ist mit dir? Eine Fernbeziehung ist nicht gerade einfach.« Den letzten Satz flüsterte sie.

Sandra sah sie schuldbewusst an.

»Ich werde mitgehen«, wisperte sie.

»Einfach so? In die Schweiz? Ich dachte, das wäre nicht so einfach«, zweifelte Emma.

»Er hat mich gefragt, ob ich seine Frau werden möchte«, offenbarte ihre beste Freundin. Emma starrte sie eine Sekunde an, bis die Nachricht ankam.

»Das ist ja großartig!«, freute sie sich und warf sich lachend auf Sandra.

»Herzlichen Glückwunsch.«

»Du bist nicht böse, weil ich dich verlasse?«, hakte Sandra nach.

»Bist du verrückt? Wer erzählt mir denn ständig, ich soll an mich selbst denken? Du solltest deine eigenen Ratschläge ebenso befolgen«, entschied Emma grinsend.

»Aber ich lasse dich alleine«, sprach Sandra und fuhr sich über die Augen, als wollte sie Tränen zurückhalten.

»Ich bin ein großes Mädchen. Außerdem bin ich nicht alleine. Meine Eltern und Jakob leben in der

Nähe. Gustav ist da und Toni«, zählte sie auf.

»Vergiss Mr. Bond nicht«, scherzte Sandra.

»Abwarten«, murmelte Emma. Sie wollte gedanklich nicht zu weit gehen. Sie hatten nicht über das Thema gesprochen, wie es weiter gehen würde. Klar war jedenfalls, dass er sie erst einmal nicht verlassen würde, wenn sie ihn nicht von sich aus wegschicken würde.

»Du hast Angst, ihm von Jillian zu erzählen«, vermutete Sandra.

»Er weiß längst, dass es sie gibt«, eröffnete Emma ihr.

»Oh«, machte Sandra überrascht. »Und was hat er gesagt?«

Emma dachte darüber nach. Sie hatte das Thema schnell abgelenkt und ihm gar nicht die Chance gegeben, seine Gedanken dazu zu äußern.

»Er wollte wissen, wieso man sie mir weggenommen hat. Aber ich wollte in diesem Moment nicht darüber sprechen. Ich spiele noch immer mit dem Gedanken umzuziehen und sie in mein Leben zu holen. Wer weiß, wie er dann darauf reagiert. Andererseits scheint es mir unmöglich, gegen Joanne zu gewinnen. Freiwillig wird sie Jillian nicht rausrücken.«

»Dann gibt es nur zwei Möglichkeiten. Entweder du suchst dir einen guten Anwalt, oder einen guten Entführer. Einen der seinen Job versteht, ohne dass man ihn zurückverfolgen könnte«, meinte Sandra.

»Ich kann mir keinen Anwalt leisten und ich

werde kein Verbrechen begehen«, stöhnte Emma.

»Deshalb sollst du ja auch jemanden beauftragen, der das für dich macht«, gab ihre Freundin zurück. Emma schüttelte den Kopf.

»Besser nicht«, nuschelte sie. Wenn Jillian entführt werden würde, wäre Emma zweifelsohne die Hauptverdächtige und sie wollte sich nicht verstecken, oder mit ihrer Tochter davonlaufen. Sie wünschte sich ein normales Leben, wollte ihr vorlesen, für sie kochen und sie zur Schule begleiten. Es waren diese ganzen kleinen Dinge, die ihr das Herz zerschnitten.

Der Wunsch Jillian als Person kennenzulernen, zu wissen, wer ihre Freunde waren, was sie gerne spielte oder was sie traurig machte, er war so groß geworden, seit sie das Mädchen bei sich gehabt hatte.

»Emma?«, holte Sandras Stimme sie zurück in die kleine Wohnung.

»Danke, dass du immer so eine gute Freundin warst. Ich werde dich vermissen, aber ich werde dir jede Woche einen Brief schreiben.«

»Und ich werde dir antworten. Vielleicht kann ich dich im Sommer besuchen kommen«, überlegte Emma.

»Spätestens an meinem Geburtstag musst du kommen«, grinste Sandra.

»Ja, oder wenn du schwanger wirst und ein Kind bekommst«, neckte Emma sie.

»Das dauert hoffentlich noch drei oder vier Jahre. Ich will nicht, dass mein Studium umsonst war«, entschied Sandra.

Sie alberten noch eine Weile herum, überlegten, wie viele Kinder Sandra wohl bekommen würde und ob Jan ihr ein hübsches Herrenhaus in den Bergen kaufen würde.

Irgendwann schliefen sie ein, obwohl es draußen längst wieder hell geworden war.

»Emmchen. Na alles klar? Ruhige Schicht gehabt?«, fragte Jan, als er um viertel vor zwölf die Bar betrat.

Sie lächelte und hüpfte auf ihn zu.

»Sandra hat mir von euren Plänen erzählt. Herzlichen Glückwunsch«, grinste sie und küsste ihn auf die Wange.

»Na endlich. Ich hatte schon befürchtet, ich müsste es dir erzählen, wenn sie nicht endlich mit der Sprache herausrücken würde«, scherzte er.

»Sie ist hinten und schließt die Kasse im Safe ein«, informierte Emma ihn. Er nickte und verschwand.

Mit dem Eimer in der einen und dem Tablett voller leerer Gläser in der anderen Hand trat sie hinter die Theke.

»Was hat Sandra dir erzählt?«, fragte Toni. Es war das erste Mal, seit ihrem Streit, dass er das Wort an sie richtete. Emma war froh, dass er wieder mit ihr redete. Es würde das Arbeiten leichter machen, wenn Sandra ging.

»Sie werden heiraten und in die Schweiz

gehen«, teilte sie ihm mit. Vor Überraschung klappte Toni der Unterkiefer herunter.

»Die Schweiz ist ganz schön weit weg. Kommst du damit klar?«, wollte er wissen.

Es wunderte sie ein wenig, dass er sich um ihre Gefühle sorgte und die eigentliche Neuigkeit völlig überging. Wieder tat es ihr leid, dass er sie offenbar mehr mochte, als nur eine Freundin. Aber es gab keine Version ihres Lebens, in der sie sich eine Beziehung mit ihm hätte vorstellen können. Ihre Gefühle für ihn waren eher, wie für einen Bruder.

»Ich freue mich sehr für sie. Außerdem komme ich mit meinem Leben ganz gut klar«, erwiderte sie leicht schnippisch. Sie wussten Beide, dass es nur zum Teil stimmte.

Die Vergangenheit hatte oft genug gezeigt, dass Emma gut darin war, sich Probleme einzuhandeln und auch wenn sie immer eine Lösung gefunden hatte, waren sowohl die Unterstützung von Sandra, als auch die von Gustav und Toni oft ausschlaggebend gewesen, um sie wieder auf die Beine zu bringen.

»Gibt es etwas Neues wegen Jillian?«, ignorierte er netterweise diese Tatsache.

»Die Wohnungssuche gestaltet sich als recht schwierig und bisher habe ich mich nicht getraut, Richard anzurufen. Joanne ist zwar noch in Japan, aber ich will nicht, dass er denkt, ich würde die Gelegenheit ausnutzen«, vertraute sie ihm an.

»Wir halten die Ohren offen und geben Bescheid, wenn irgendwo eine Wohnung frei wird. Mein Vater kennt viele Leute in der Gegend«, lächelte Toni.

»Das wäre super. Ich möchte ungern die Stadt verlassen und ganz neu anfangen«, gab Emma seufzend zurück.

»Du weißt, dass du immer zu mir und meinem Vater kommen kannst, wenn du Hilfe brauchst«, versicherte er und griff kurz nach ihrer Hand. Bevor sie reagieren konnte, zog er sie bereits zurück.

»Wir sehen uns«, sagte er jetzt kühl, schnappte sich seine Jacke, die auf der Theke gelegen hatte und rauschte an ihr vorbei zum Hinterausgang.

Etwas irritiert blickte sie ihm nach. Kurz darauf wurde ihr der Grund für sein Verhalten bewusst.

»Verzeihung, haben sie noch geöffnet?«

Schwungvoll drehte sie sich um.

Lässig lehnte Kilian am Tresen und schenkte ihr ein Lächeln, dass ihr die Knie weich werden ließ. Vielleicht war es auch gar nicht sein Lächeln, sondern sein gesamtes Erscheinungsbild. Die vom Wind leicht verwüstete Frisur, die dunklen geheimnisvollen Augen, seine große Gestalt oder einfach nur die Tatsache, dass er gekommen war, um sie zu sehen.

»Die Musik ist aus, das Bier leer und der Koch im Feierabend. Ich kann leider nichts mehr für sie tun«, ging sie auf das Spiel ein. Er strich sich durch das schwarze Haar und beugte sich leicht über die

Theke.

»Da wäre ich mir nicht so sicher«, raunte er. Wie in Zeitlupe hob er die Hand, um ihr eine Strähne aus dem Gesicht zu streichen. Sie spürte seine Wärme, obgleich seine Finger ihre Haut nicht einmal streiften.

Schritte brachten sie dazu, sich seinem Blick zu entziehen. Jan kam herein.

»Alles ok bei dir, Emmchen?«, fragte er fürsorglich und trat wie ein Beschützer an ihre Seite.

Er war groß und überragte Kilian locker, aber er gehörte definitiv nicht zu der Sorte Männer, die man als einschüchternd hätte bezeichnen können. Selbst sein strenger Blick, den er aufgesetzt hatte, wirkte warm und freundlich.

Es freute sie dennoch, dass er sich so ehrenhaft für sie einsetzte.

»Hey. Ich bin Kilian«, stellte der sich gelassen vor und reichte Jan die Hand.

»Oh, verstehe«, legte er seine Abwehrhaltung ab. »Jan, Sandras Verlobter«, ergriff er die Hand und lächelte.

»Sehr erfreut«, meinte Kilian.

Die beiden Männer betrachteten sich abschätzig.

»Können wir endlich nach Hause? Ich muss morgen früh nochmal…«, durchbrach Sandras Stimme die Stille. Sie blieb im Türrahmen stehen und setzte ein Lächeln auf.

»Guten Abend, Mr. Bond«, grüßte sie Kilian verschmitzt. »Führt sie die Sehnsucht nach der lieben

Emma her?«

Er lachte über diese Worte.

Emma kommentierte Sandras Bemerkung mit zu Schlitzen verengten Augen.

»Das sagt die Richtige. Du arbeitest seit wieviel Jahren nur wegen ihr in dieser Bar?«, wollte Jan wissen.

»Keine Ahnung. Habe sie nicht gezählt«, grinste Sandra frech und kramte den Schlüssel aus ihrer Jackentasche.

»Jetzt alle raus hier. Gustav kriegt die Kriese, wenn er erfährt, dass wir noch nicht gegangen sind.«

Emma blickte zur Uhr. Es war fast halb eins.

»Wieso das denn?«, fragte Jan.

»Der Montag ist heilig, da bleibt die Bar zu«, imitierte Sandra den Wirt. Emma musste kichern.

Kapitel 11

"Das süße Leben"

Sie erinnerte sich an den Abend, als er sie zum ersten Mal mitgenommen hatte.

Sie hatte genauso da gesessen, in seinen Mantel gehüllt und hatte sein Gesicht beobachtet, wie es alle paar Meter vom Schein der Straßenlaternen erhellt wurde. Sie trug seine Jacke nicht, weil sie ihre wieder einmal vergessen hatte, sondern aus dem einfachen Grund, dass sie seinen Geruch mochte.

»Wie war die Eröffnungsfeier?«, fragte sie, nur um seine Stimme zu hören.

»Es war wie zu erwarten, wenig unterhaltsam«, meinte er und warf ihr einen kurzen Blick zu.

»Wie war dein Tag? Hast du noch jemanden mit Schuhen beworfen?«, informierte er sich.

»Es hat mich niemand geärgert«, antwortete sie langsam.

»Gut«, lächelte er.

»Ja«, murmelte sie schwach. Sie dachte an Sandra, an den Brief von der Akademie und an Jillian. Das Bedürfnis ihm davon zu erzählen, flammte in ihr auf, doch sie zwang sich zu schweigen. Es war spät, sie war müde und solche Geschichten brauchten Zeit. Außerdem wollte sie sich in diesem Moment nicht mit dem Gedanken befassen, wohin diese Begegnung sie führen würde, oder was sie von ihm erwartet… was sie von sich erwartete.

Sie hatte sich gefreut, dass er in der Bar aufgetaucht war, um sie zu sehen und es war ihr leicht gefallen sein Angebot anzunehmen, ihn nach Hause zu begleiten. Heute Nacht war ihr die Zukunft egal. Sie war ungewiss und das würde sich nicht ändern, ob sie alleine in ihrem Bett lag, oder sich dem Wunsch hingab Kilian nah zu sein.

Er hielt vor dem Wohnblock und stieg aus, um ihr die Tür zu öffnen. Sie kam ihm zuvor und stand bereits auf der Straße.

In seinem Blick erkannte sie, dass es ihm nicht gefiel, wenn sie ihm die Chance nahm, sich wie ein Gentleman zu benehmen, doch er sagte nichts und so unterdrückte sie den Wunsch, ihm frech die Zunge herauszustrecken und erlaubte ihm, ihr die Tasche und ihre Jacke aus der Hand zu nehmen. Sie zog seinen Mantel enger um die Schultern, als der eisige Wind sie erfasste. Der Winter stand vor der Tür. Er schien dieses Jahr etwas früher hereinbrechen zu wollen.

Kilian machte nicht den Eindruck zu frieren. Er führte sie hinauf in seine Wohnung, wo er ein paar

Kerzen anzündete. Auf ihre Nachfrage hin, zeigte er ihr das Bad und sie verschwand darin, um sich frisch zu machen.

Als sie wieder herauskam, hörte sie ihn im Wohnzimmer. Er stand an der Wand neben einer Kommode und schien sie nicht zu bemerken. Sie lehnte sich in den Türrahmen und beobachtete ihn.

Er wirkte hoch konzentriert und verstaute etwas in einem Wandsafe. Sie kam zu dem Schluss, dass er dort seine Waffen aufbewahrte und trotz des unbehaglichen Gefühls in ihrem Magen, hatte sie keine Angst vor ihm. Sie spürte sogar das Verlangen zu ihm zu gehen, sich anzusehen, womit er arbeitete, aber sie rührte sich nicht.

Sein Blick hob sich und sie lächelte ihm zu.

»Du darfst dich gerne in der Wohnung umsehen, ich komme gleich zu dir«, versicherte er.

»Ok«, meinte sie und rührte sich nicht. Er wartete einen Moment, bevor er seufzte und in seine Tasche griff. Er zog ein kleines schwarzes Messer hervor und verstaute es im Safe. Es folgten noch zwei weitere Gegenstände, die sie nicht erkannte und eine schmale Pistole, welche er offensichtlich unter dem Jackett getragen hatte. Er versuchte so diskret wie möglich zu bleiben und diese Dinge vor ihr zu verbergen. Sie tat als sei es ganz natürlich, einem Mann dabei zuzusehen, wie er tödliche Waffen in einem Geheimfach verstaute.

Kilians eigene Spannung schien von ihm abzufallen, sobald er das Schloss verriegelt hatte.

»Ich hätte dir irgendwann davon erzählt, aber ich wünschte, ich hätte es auf meine Weise tun können«, sprach er und kam auf sie zu. Sie zuckte mit den Schultern. Es störte sie nicht, die Waffe versehentlich entdeckt zu haben. Immerhin kannte sie jetzt die Erklärung.

Bevor er noch etwas sagen konnte, legte sie ihre Hände in seinen Nacken und zog ihn zu sich herunter. Sie nahm seine Lippen auf, wie eine Ertrinkende. Sie hatte sich bis hier her nur schwer zurückhalten können und wären Sandra und Jan nicht in der Bar gewesen, wer weiß, wo sie dieses Mal gelandet wären. Im Auto hatte sie nur Kilians Ernsthaftigkeit beim Fahren zurückgehalten, ihn zu berühren.

In diesem Augenblick jedoch stand nichts mehr zwischen ihnen.

Sie öffnete die Lippen, um seiner Zunge Einlass zu gewähren und der Tanz beschleunigte ihren Puls. Seine Hände wanderten über ihren Rücken und hielten ihren Po umfasst. Sie öffnete sein Hemd, wollte ihn spüren, ihm nah sein.

Sie kannten sich noch immer kaum, aber seine Berührungen waren vertraut. Sie kannte sein Verlangen, sein Stöhnen und wusste, wie sie ihm Lust auf sich bereiten konnte. Das genügte völlig, um ihr ein Gefühl der Geborgenheit und Vertrautheit zu schenken. Es war als kannten ihre Finger seine Haut schon ewig.

Er bahnte sich einen Weg unter ihren Rock und

zog ihr den Slip über die Hüften.

Sie löste sich von seinem Mund, um seinen Oberkörper zu kosten. Bevor sie jedoch die Gelegenheit bekam die ungewöhnliche Süße seiner Haut zu schmecken, hob Kilian sie hoch, trug sie in den Flur und setzte sie auf die Kommode. Der Schein der Kerzen erleuchtete sein Gesicht. Sie war jetzt ein ganzes Stück über ihm, so dass sich sein Gesicht auf Höhe ihrer Brüste befand. Gierig zog er den Stoff bei Seite. Die Naht ihres Kleides riss ein paar Zentimeter auf, was sie nicht störte. Sie vergrub die Hände in seinem seidigen Haar, während er ihre Brüste befreite und seinen Mund auf ihre glühende Haut senkte.

Wieder fuhren seine Hände unter ihren Rock, streichelten ihre Schenkel und schoben sie sachte auseinander. Sie spürte ihre Feuchtigkeit zwischen den Beinen und streckte ihm das Becken ganz von alleine entgegen.

Eine Welle von Hitze überrollte sie, als er in die Knie ging und den Kopf unter ihr Kleid schob. Sein Atem strich über ihre nasse Haut und sie stöhnte, sobald seine Lippen sich über ihr Geschlecht legten. Mit der Zunge fuhr er zwischen sie, presste seinen Mund gegen ihre Mitte und kostete ihren Geschmack.

In ihrem Kopf drehte sich alles. Ihr Körper zuckte vor Erregung und sie spürte, dass sie sich nicht lange würde zurückhalten können. Während er sie mit der Zunge liebkoste, legte er ihre Oberschenkel auf seine Schultern und griff-

nach ihrem Po.

Sie krallte sich an dem Möbelstück fest, um nicht herunterzurutschen, während sie zitternd und keuchend den Höhepunkt erreichte.

Das Knurren ihres Magens weckte sie am Morgen. Vorsichtig tauchte sie unter Kilians Arm hindurch, um ihn nicht zu wecken. Ihre Armbanduhr zeigte acht. Sie wusste nicht, ob er Pläne für den heutigen Tag hatte. Sie jedenfalls hatte frei und das Einzige, um dass sie sich kümmern wollte, war der Anruf bei der Kunstakademie und das konnte sie auch von hier erledigen. Barfuß schlich sie in die Küche. Unterwegs begegnete sie Kilians Hemd. Sie zog es über, um nicht vollständig nackt an diesem fremden Ort zu sein.

In der Küche fand sie etwas Obst und Brot, aber einige entscheidende Dinge schienen zu fehlen. Es gab weder einen Kühlschrank, noch einen Herd oder etwas Vergleichbares. Wie kochte er? Sie nahm sich einen Apfel und blickte aus dem Fenster. Die Bäume waren kahl. Es hatte in den vergangenen Tagen so viel geregnet und gestürmt, dass sie all ihre bunten Blätter in rasanter Geschwindigkeit verloren hatten. Sie drehte sich um und entdeckte einen Zettel auf dem Esstisch. Sie wollte nicht herumschnüffeln, aber es stand eindeutig ihr Name darauf.

Liebe Emma, falls sie mich wieder nicht wecken

möchten, nehmen sie wenigstens das Geld für das Taxi.
Kilian

Ein paar Münzen lagen auf dem Papier. Sie kicherte. Glaubte er wirklich, sie würde noch einmal davonlaufen und falls ja, wie kam er dann auf die Idee, sie würde sein Geld nehmen. Kopfschüttelnd warf sie die Überreste des Apfels in den Mülleimer und verließ die Küche. Wo sollte sie jetzt ein vernünftiges Frühstück herbekommen? Sie kannte sich in dieser Gegend nicht aus und sie wollte nicht bei dem Wind ziellos durch die Straßen laufen.

Emma schob sich ins Wohnzimmer und suchte nach einem Telefon. Er hatte sie immerhin angerufen, also musste es doch eines geben. Sie suchte vergeblich. Es gab nicht vieles in dieser Wohnung. Ein paar kleine Schränke, ein Sofa und etliche Bücher. Sie schlug ein paar von ihnen auf. Die Meisten waren voll mit den seltsamen verschlungenen Zeichen, welche sie nicht lesen konnte.

In einem waren wunderschöne Zeichnungen von Drachen. Sie legte sich auf das Sofa und blätterte durch die Seiten. Es waren nur wenige Bilder, doch sie waren so detailliert, dass man glauben konnte, der Maler hätte tatsächlich einem Wesen gegenübergestanden, welches so eindrucksvoll war, wie diese Drachen.

Mit den Fingerspitzen strich sie darüber.

Ein Geräusch aus dem Schlafzimmer ließ sie

aufhorchen. Ein paar Sekunden später betrat Kilian den Flur und rief leise ihren Namen.

»Ich bin hier«, antwortete sie und richtete sich auf.

Er trug eine Trainingshose, sonst nichts. Es war ungewöhnlich ihn so zu sehen, da er sich für gewöhnlich nur mit Anzügen kleidete.

Er strich sich über das Haar, wirkte erleichtert.

»Du dachtest, ich sei gegangen«, ergriff sie das Wort.

»Wolltest du?«, fragte er knapp.

»Der fehlende Kühlschrank und mein leerer Magen haben mich dazu verleiten wollen«, informierte sie ihn und stand auf.

»Ich dachte, man lockt eine Frau mit Schmuck und Komplimenten, statt mit Essen«, witzelte er.

»Sie können es gerne versuchen, Mr. Bond«, meinte sie, gab ihm einen Kuss und schob sich an ihm vorbei. Er hielt sie am Handgelenk fest.

»Eine verlockende Idee, aber du hast recht, was das Frühstück anbelangt. Ich werde kurz telefonieren gehen«, entschied er und nahm seine Jacke.

»Dann hast du wirklich kein eigenes Telefon?«, hakte sie nach. Er schüttelt den Kopf.

»Die Telefonzelle steht doch direkt vor meiner Tür«, lachte er und verschwand.

Sie ging wieder in die Küche, setze sich an den Tisch und schlug erneut das Buch mit den Drachenbildern auf.

»Was ist das hier?«, wollte sie wissen, sobald

Kilian zurück war.

»Ein Buch aus meiner Heimat«, meinte er knapp und setzte sich zu ihr.

»Ich habe noch nie eine solche Schrift gesehen. Woher kommst du?«, fragte sie weiter und legte das Buch auf den Tisch.

»Sagen wir einfach, von sehr weit weg«, lächelte er und griff nach dem Buch. Er strich sachte über den Einband, als ob es etwas Lebendiges wäre.

»Diese Bücher sind das Einzige, was ich damals mitgenommen habe.«

»Vermisst du dein altes Zuhause?«

»Manchmal«, murmelte er.

»Und die Menschen dort?«, erkundigte sie sich. Er schüttelte den Kopf.

»Wenn ich etwas vermisse, dann ist es der Schnee und die Wälder… und vielleicht die Feen«, fügte er grinsend hinzu. Sie verdrehte die Augen. Und tippte auf das Buch in seiner Hand.

»Solange du die Drachen nicht vermisst«, scherzte sie. Er lächelte nur.

»Erzähl mir von Jillian«, sprach er sie so plötzlich auf dieses sensible Thema an, dass sie es nicht schaffte, die Traurigkeit und den Schmerz rechtzeitig zu unterdrücken, bevor sie in ihren Augen zu lesen waren.

»Ich weiß nicht, ob ich das auf leerem Magen kann«, versuchte sie sich herauszureden.

»Kein Problem, Charly wird jeden Moment hier sein«, versicherte Kilian ihr. Sie hob die Augenbrauen.

»Wer?«

»Charly. Er kümmert sich um alles mögliche. Hilft mir, mich in dieser Welt zurechtzufinden, klärt Versicherungen und Verträge für mich, erklärt mir die Regeln und sorgt dafür, dass ich sicher bin«, erklärte Kilian.

»Und er holt dir Frühstück?«, erfragte sie skeptisch.

»Keine Sorge. Du wirst auch etwas bekommen«, gab er fröhlich zurück.

Emma schwieg und runzelte die Stirn. Etwas an diesem Mann war anders, als an den Menschen, die ihr normalerweise begegneten und dennoch schien er ehrlich und völlig normal zu sein. Sie nahm sich vor, mehr über seine Arbeit und sein Leben herauszufinden und abzuwarten, wohin es sie führen würde.

Während des Essens rang sie sich dazu durch, von David und Jillian zu erzählen.

Sie musste feststellen, dass es ihr nicht annähernd so schwer fiel, wie sie angenommen hatte.

»Also ist im Grunde diese Joanne dafür verantwortlich?«, fragte Kilian. Sie glaubte, aus seiner Stimme einen Teil der Wut herauszuhören, welche sie selbst all die Jahre gespürt hatte.

»Ja. Ich hatte mich in den letzten Jahren gut damit arrangiert, aber seit Jillian bei mir war, habe ich beschlossen das zu ändern. Ich werde umziehen, auch wenn die Wohnungssuche bisher wenig erfolgreich war und dann werde ich versuchen, mir Joannes Vertrauen zu sichern. Wenn die ganzen Voraussetzungen passen, kann ich versuchen, einen Teil des Sorgerechts zurückzukriegen«, stellte Emma ihre Überlegungen auf.

»Ich glaube nicht, dass es so einfach ist«, erwiderte Kilian.

»Tja. Eine andere Möglichkeit habe ich aber nicht und dieses Mal werde ich sie mir nicht erneut wegnehmen lassen«, antwortete Emma schnippisch und verschränkte die Arme vor der Brust.

»Ich habe ja auch nicht gesagt, dass du aufgeben solltest, sondern nur, dass es etwas mehr braucht, als einen guten Willen. Ich bin ja nicht einmal sicher, ob es reicht einen guten Anwalt zu haben. Diese Joanne scheint zu wissen, was sie tut und die Tatsache, dass Jillian die letzten fünf Jahre bei ihr gelebt hat und gut versorgt war, macht es auch nicht einfacher. Ich versichere dir, ich finde einen Weg, wie wir sie da herausholen können. Patrick kennt einen guten Anwalt, der ihm schon so manches Mal geholfen hat, den werde ich anrufen und notfalls kontaktiere ich Mr. Bell. Ich muss ohnehin mit ihm sprechen. Meine fünf Jahre neigen sich dem Ende und er besteht darauf, wenigstens einmal alle fünf Jahre neu zu verhandeln. Die Meisten haben nach dieser Zeit andere Vorstellungen von dem Leben auf der Erde.«

»Wer ist Mr. Bell?«

»Er leitet die Firma, kümmert sich um viele

wichtige Dinge. Ich glaube, er ist ziemlich mächtig. Wenn jemand helfen kann, dann er.«

»Aber er kennt mich gar nicht. Wieso sollte er mir helfen?«, zweifelte Emma an dieser Theorie.

»Nun ja. Er wird mir helfen. Außerdem kenne ich dich«, behauptete er.

»Ach tatsächlich?«, fragte sie amüsiert. Er nickte.

»Du heißt Emma, hast einen nicht sehr freundlichen Bruder, aber dafür eine nette Mutter und eine kleine Tochter. Du hast zwei Jobs. Einer davon ist in der Bar, na gut, den Anderen muss ich noch herausfinden«, fing er an. Sie lachte.

»Du kümmerst dich immer zuerst um Andere, insbesondere deine Freunde. Dein Leben nimmst du gerne selbst in die Hand. Du bist nicht ängstlich oder nachtragend, aber man sollte sich besser nicht mit dir anlegen, es sei denn man steht weit genug weg oder ist gut darin fliegende Geschosse zu fangen. Ich würde übrigens behaupten, dass ich dem gewachsen bin.«

»Sehr witzig«, unterbrach sie ihn.

»Und auch wenn du behauptest ungeduldig zu sein, halte ich dich eher für versonnen. Zumindest auf der Arbeit. Da träumst du ganz schön oft vor dich hin«, grinste er überlegen. Sie rümpfte die Nase.

»Ok, du hast mich ganz gut durchschaut«, murmelte sie. »Aber dafür weiß ich kaum etwas über dich«

»Frag mich, was immer du willst«, schlug er vor

und sah sie herausfordernd an.

»Woher kommst du?«, wollte sie wissen. Er lachte.

»Das hätte ich mir denken können. Ich wurde in einer Stadt im inneren eines Berges geboren, in einer fernen Welt, bedeckt von Schnee und Eis«, sagte er.

»Eine schöne Geschichte«, gab sie zurück.

»Ich erwarte nicht, dass du es mir glaubst und das nehme ich in Kauf, wenn ich dich dafür nicht belügen muss«, meinte er gelassen.

»Na schön. Du behauptest also, du kommst aus einer anderen Welt. Hast du Beweise dafür?«, hakte sie nach.

»Ich fürchte, das ist nicht so einfach. Diese Bücher sind das Einzige, was ich von dort mitgebracht habe. Spielt es denn eine Rolle, wo ich herkomme?«, informierte er sich.

»Das kommt ganz drauf an«, wisperte Emma.

»Worauf?«

»Ob du vor hast, dorthin zurückzukehren«

Er lächelte nur.

Kapitel 12

"Die liebe Familie"

Die nächsten Wochen vergingen wie im Flug. Im Büro der Kunstakademie hatte man ihr mitgeteilt, dass es dieses Jahr keine Möglichkeit mehr gab, sie noch aufzunehmen. Dafür versicherte ihr die Dame am Telefon, dass ihr der Platz im nächsten Jahr sicher sei, vorausgesetzt sie würde ihre Unterlagen rechtzeitig einreichen.

Emma ärgerte sich ein wenig über sich selbst, doch schnell stellte sie fest, dass es gar nicht so verkehrt war, noch ein Jahr zu warten. So hätte sie nicht nur mehr Zeit, um Geld anzusparen, sondern auch sich um die Sache mit Jillian zu kümmern.

Dank Kilians regelmäßiger Anwesenheit, hatte sie ohnehin kaum die Gelegenheit Trübsal zu blasen. Er besuchte sie auf der Arbeit und traf sich nach Feierabend mit ihr. Er hatte wie versprochen mit dem Anwalt telefoniert und einen Termin mit seinem Vorgesetzten vereinbart.

Emma war sich noch immer unsicher, ob es

eine gute Idee war, so viel Hilfe anzunehmen, aber angesichts der Tatsache, dass sie selbst nicht gerade viele Möglichkeiten hatte, blieb ihr kaum eine Wahl.

Da auch die Wohnungssuche zu dieser Jahreszeit immer schwieriger wurde, verschob Emma dieses Ziel auf das nächste Jahr und half stattdessen Sandra dabei, alles für ihren Umzug im Januar vorzubereiten.

Als sie an dem Wochenende vor Weihnachten auf Gustav getroffen waren, schien der besonders gute Laune gehabt zu haben.

»Dieses Jahr werdet ihr Mädchen nicht an den Feiertagen arbeiten. Das lohnt sich nicht für die knappe Kundschaft. Ihr könnt Silvester wiederkommen, dann ist viel los«, hatte er entschieden und sie nach Hause geschickt.

So war Emma nichts anderes übrig geblieben, als ihren Eltern zuzusichern, die komplette Woche zwischen den Feiertagen bei ihnen zu verbringen. Wie jedes Jahr veranstaltete ihre Mutter ein riesen Fest und lud jeden Verwandten inklusive Partner ein und so hatte Emma es sich nicht nehmen lassen, Kilian zu fragen, ob er sie begleiten wollte.

Ihr Vater war von der Idee, dass sie einen Mann mitbrachte nicht gerade begeistert, aber er war ohnehin mit nichts zu begeistern, wenn es um ihre Entscheidungen ging.

Kilian hatte sich gefreut. Es war das erste Mal, dass er Weihnachten überhaupt feiern würde.

»Was hast du die letzten Jahre an den Feiertagen gemacht?«, fragte sie ihn, als sie am Montag Morgen im Auto saßen. Natürlich hatte er darauf bestanden sie zu fahren und ausnahmsweise hatte Emma nicht versucht zu protestieren. Am heiligen Abend waren die Züge oftmals schon am frühen Morgen überladen. Jeder wollte plötzlich seine Familie besuchen und das ganze restliche Jahr kümmerte man sich nur um sein eigenes Leben. Ihr missfiel der Gedanke, aber sie tat es für ihre Mutter. Hoffentlich würde es nicht all zu viele Streitereien geben, dachte Emma bei sich.

»Was soll ich groß getan haben? Ich hatte frei und bin durch die verschneiten Straßen spaziert«, erzählte Kilian. Emma blickte lächelnd aus dem Fenster. Das wäre auch ein Weihnachten, wie es ihr gefallen könnte.

Draußen zogen die schneebedeckten Häuser vorbei. Der Winter war dieses Jahr ganz besonders kalt. In der Zeitung hatte sie gelesen, dass selbst der Rhein teilweise zugefroren war und die Experten warnten überall vor Schneestürmen und Frost. Sandra und Jan hatten sie kurz aus Köln angerufen und berichtet, dass unterwegs einige Gleise komplett von Schnee verschüttet waren. So kalt war der Winter im letzten Jahr nicht gewesen.

»Freust du dich, deine Familie zu sehen?«, fragte Kilian.

»Ja schon, auch wenn ich sicher bin, dass es viel Streit geben wird. Ich passe einfach nicht so gut hinein, wie mein Bruder«, gab sie zu. Jakob war der

Vorzeigesohn und sie die Tochter, die man besser verschwieg.

»Vielleicht wird es dieses Mal besser«, versuchte er sie aufzumuntern.

»Ich wüsste nicht wieso«, brummte Emma.

»Ich bin dabei, um deine Laune aufrecht zu halten«, grinste er und strubbelte ihr durch die Haare.

»Ich hoffe, sie benehmen sich dir gegenüber«, flüsterte sie.

»Ach. Mach dir keine Sorgen. Ich kenne das Gefühl, nicht erwünscht zu sein. Meine Mutter hat sich immer schon eine Tochter gewünscht«, gab Kilian zurück. Er erzählte nicht viel von seinem früheren Leben und falls er es doch tat, war Emma sich nie sicher, was davon der Wahrheit entsprach. Sie hatte nicht das Gefühl, dass er sie belog, doch er bestand weiterhin darauf, dass er aus einer anderen Welt gekommen und auf der Erde nur zu Besuch war. Da ihr diese Geschichten gefielen, glaubte sie, er würde sie absichtlich weiter zum Besten geben, um ihr eine Freude zu machen. Sie hatte zwar auch versprechen müssen, es niemandem sonst zu verraten, nicht einmal Sandra, aber das störte sie auch nicht.

»Warte ab, bis du meinen Vater kennengelernt hast, dann verzeihst du deiner Mutter alles«, entschied Emma.

»Da vorne das große Haus ist es«, fügte sie hinzu und deutete auf ein Gebäude, dass etwas abseits der Straße stand. Sie musste zugeben, dass sie dieses Haus liebte und auch wenn es mit ihrer Familie nie leicht gewesen war, hatte sie eine schöne Kindheit hier verbracht.

»Wow, ziemlich beeindruckend«, staunte Kilian, während er auf die Einfahrt fuhr. Emma lachte.

»Ja, das ist es, aber glaub bloß nicht, dass wir Geld besäßen. Dieses Haus ist seit sechs Generationen in meiner Familie und es hat genügend Zimmer, dass jede vergangene und gegenwärtige Seele ihr eigenes Zimmer beanspruchen könnte, aber meine Eltern selbst haben nicht viel auf der Bank«, berichtete Emma ihm und stieg aus dem Wagen. Der Schnee knirschte unter ihren Schuhen und sie hob den Rock ein wenig an.

Kilian holte ihre Taschen aus dem Kofferraum und folgte ihr zur Tür.

Sie klingelte und kurz darauf öffnete eine junge Frau mit einem Baby auf dem Arm.

»Es ist nur Emma«, rief sie ins Haus, bevor sie sich an den Besuch wandte.

»Hey, Laura«, grüßte Emma freundlich und überging die kühle Begrüßung. Die junge Frau nickte nur und betrachtete ihre Begleitung.

»Das ist Kilian«, stellte sie ihn vor.

»Hallo.« Er lächelte.

»Und das ist Laura, die Frau meines Bruders, mit ihrem Sohn Bennet«, fuhr Emma fort.

»Freut mich sie kennenzulernen«, meinte Kilian.

»Ähm, ja. Kommt rein«, sagte Laura wenig herzlich und führte sie ins Wohnzimmer.

Während ihr Vater ähnlich distanziert blieb, gab ihre Mutter sich etwas mehr mühe. Sie lächelte höflich, bot Kilian an, sie beim Vornamen zu nennen und gab ihm zu verstehen, dass er sich während ihres Aufenthalts wie Zuhause fühlen sollte.

Mit Jakob schien er sich überraschend gut zu verstehen.

»Sie sind also Emmas Freund«, grüßte ihr Bruder ihn mit einem Handschlag.

»Ja das ist er. Hast du etwas dagegen?«, konnte Emma eine zickige Bemerkung nicht ganz unterdrücken. Kilian schien verwundert, dass sie ihn als ihren Freund betitelte. Bisher hatte sie diese Sache immer verneint.

»Wir haben schon miteinander telefoniert«, erinnerte er Jakob, als wäre an ihren Worten nichts ungewöhnliches zu finden. Einen Moment schien Jakob zu überlegen.

»Oh. Sie sind der arme Kerl, den meine Schwester stehen gelassen hat«, meinte er und sah mit einem frechen Grinsen zu Emma herüber.

Normalerweise nutzte sie solche Gelegenheiten, um sich mit Jakob zu streiten, aber dieses Mal hielt sie sich zurück.

»Emma mein Kind. Kannst du mir kurz in der Küche helfen?«, warf ihre Mutter ein. Sie folgte ihr mit ungutem Gefühl.

»Es stört dich, dass ich ihn mitgebracht habe«, ließ Emma ihre Mutter gar nicht erst die Zeit, sie langsam an ein Gesprächsthema heranzuführen.

»Nein, keineswegs. Er scheint nett zu sein und du wirkst glücklich. Das warst du schon lange nicht mehr«, versicherte ihre Mutter, während sie das Essen vom Herd nahm und den Topf in den Ofen schob.

»Was ist es dann?«, hakte Emma nach. Sie konnte sich kaum vorstellen, dass ihre Mutter tatsächlich Hilfe in der Küche brauchte, geschweige denn wollte. Dieses Heiligtum durfte kaum jemand aus der Familie betreten, es sei denn, sie wollte über ein ernstes Thema sprechen.

»Weiß er von Jillian?«, fragte sie flüsternd. Emma nickte.

»Ja, Wieso?«

Ihre Mutter atmete spürbar erleichtert aus.

»Nun ja, du weißt doch, dass ich sie jedes Jahr einlade«, fing ihre Mutter an. Emma nickte erneut.

»Und sie ignorieren es jedes Mal«, gab sie zurück.

»Dieses Mal nicht. Joanne hat mich angerufen und gesagt, sie würde gerne für ein paar Stunden am 2. Weihnachtstag mit ihr vorbeikommen«, berichtete ihre Mutter. Emma starrte sie an. Tausend Gefühle schienen auf sie einzuprasseln, wie ein Hagelsturm. Sie war nicht in der Lage sie zu unterscheiden, aber ihr wurde augenblicklich schlecht und ihr Kreislauf drohte zu versagen. Eilig hielt sie sich an der Küchenzeile fest.

»Ist das wahr? Ich meine, sie waren noch nie hier. Hat sie dir erzählt, dass Jillian ein paar Tage bei mir gewesen ist?«, erkundigte Emma sich. Sie war erstaunt, wie ruhig ihre Stimme nach außen hin klang.

»Ja. Sie meinte, es sei Jillians Wunsch dich an Weihnachten zu sehen. Sie hat wohl das Päckchen gefunden, bevor Joanne es in die Finger gekriegt hat«, berichtete ihre Mutter. Emma hatte natürlich ein Paket geschickt, so wie jedes Jahr.

»Hör mal, Emma. Ich weiß, dass wir beinahe nie telefonieren und uns noch viel seltener sehen, aber so etwas kannst du uns ruhig erzählen.«

Sie blickte ihre Mutter an.

»Ich wollte euch keine falschen Hoffnungen machen, dass ihr sie ebenfalls treffen würdet«, murmelte sie und schämte sich etwas.

Ein Geräusch von der Tür erweckte ihre Aufmerksamkeit.

Laura stand mit Bennet im Türrahmen und wippte unruhig auf und ab.

»Kann eine von euch kurz den Zwerg halten, ich muss dringend mal zur Toilette und die Männer sind hinunter zum Teich gegangen«, presste sie flehend zwischen den Lippen hervor.

»Sicher«, meinte Emma und nahm ihr das Baby ab. Der Sohn ihres Bruders musste ungefähr ein halbes Jahr alt sein. Es war ein merkwürdiges Gefühl, sich vorzustellen, dieses Alter von Jillian verpasst zu haben.

»Anna, mein liebes Enkelkind. Wie schön, dass du da bist«, hörte sie eine vertraute Stimme.

»Hallo Oma Irmi, immer noch Emma«, antwortete sie mit einem Lächeln. Ihre Großmutter war vor zwei Jahren neunzig geworden, was man ihr eigentlich nicht anmerkte. Die Tatsache, dass sie sich keine Namen merken konnte, gehörte genauso zu ihr, wie die rote Hornbrille und die ausgetretenen Lederschuhe, die sie selbst Nachts nicht ablegte. Emma hatte sich so manches Mal gefragt, ob sie auch mit ihnen Baden ging.

»Natürlich, Anna. Sag bloß nicht du hast schon wieder ein Kind bekommen«, erwiderte Irmi mit skeptischem Blick auf ihren Urenkel.

»Mutter, das ist Bennet. Jakobs Sohn. Du kennst ihn doch«, warf ihre Mutter ein.

»Sicher, der kleine Bernd. Was kann ich dafür, dass alle Babys gleich aussehen«, tat Irmi beleidigt. Emma unterdrückte ein Kichern.

»Wo ist Lena? Sie wollte mir mit den Strümpfen helfen«, fügte ihre Oma hinzu.

»Wer?«, fragte Emma flüsternd an ihre Mutter gewandt.

»Laura«, klärte sie Emma auf. Die nickte.

»Komm, Oma Irmi. Ich helfe dir und dann machen wir einen Spaziergang durch den Garten«, schlug Emma vor.

»Ich bin jetzt also dein Freund?«, fragte Kilian, sobald sie alleine waren. Das Heiligabendessen mit ihrer Familie war erstaunlicherweise ohne Streitigkeiten abgelaufen, wenn man die Tatsache außer acht ließ, dass ihr Vater sich beschwert hatte, dass Emma noch immer in der Bar arbeitete.

»Nur für die Feiertage, oder auch wenn wir wieder zurück sind?«, fragte er weiter, als sie nicht antwortete.

»Kommt darauf an, wie du dich benimmst«, entgegnete Emma. Er lachte.

»Also ist das hier soetwas wie ein Test von Beziehung und Zusammenleben«, stellte er fest und sah sich in ihrem Zimmer um. Bis auf die Bilder an den Wänden, erinnerte nichts in diesem Raum an ihr altes Jugendzimmer. Nachdem Emma alles mitgenommen hatte, hatte ihre Mutter ein Bett aus einem der unzähligen Schlafzimmer hier aufgestellt und jede Zeichnung und jede Malerei von Emma an die Wände gepinnt, die sie im Haus gefunden hatte. Einige der Bilder waren über fünfzehn Jahre alt, kindliche Linien aus denen man nur mit Mühe etwas erkennen konnte, bis hin zu einigen neueren Werken.

»Wenn du es so sehen möchtest, habe ich nichts dagegen«, gab sie zurück und warf sich auf das Bett. Auch wenn sie nicht sonderlich viel gegessen hatte, fühlte sie sich voll.

Es war erst zwanzig Uhr, aber sie war bereits müde.

»Du bist ein wenig blass. Nimmt deine Familie dich so sehr mit?«, neckte Kilian sie und setzte sich.

»Nein. Ich glaube, ich vertrage das fettige Essen meiner Mutter nicht mehr«, antwortete sie. Ihr war tatsächlich ein wenig übel. Sie rollte sich auf die Seite und fühlte, wie Kilian ihr mit einer Hand über den Rücken strich. Die sanfte, gleichmäßige Bewegung begleitete Emma in ihre Träume.

Am nächsten Morgen sprang sie früh aus dem Bett und rannte zur Toilette. Es war noch still im Haus und alle schliefen, so dass niemand mitbekam, wie sie sich übergab. Hoffentlich war das nur eine Reaktion auf den Braten vom Vortag, ging es ihr durch den Kopf. Einen Magendarminfekt konnte sie über die Feiertage nicht gebrauchen.

Sie stieg in die Dusche, putzte sich dreimal die Zähne und wickelte sich in einen Bademantel ein, bevor sie mit tropfenden Haaren und auf Zehenspitzen zurück in ihr Zimmer huschte. Kilian wurde wach, als sie ins Bett kletterte.

»Wo bist du gewesen?«, wisperte er und zog sie an sich heran, um sie zu küssen.

»Duschen«, murmelte sie und verschwieg die andere Sache. Bloß keine Bedeutung hineinlegen, dachte sie sich. Es war das Essen, vielleicht auch Magendarm, aber nichts anderes, sprach sie sich Mut zu. Es war ja nicht ungewöhnlich, wenn die Blutung sich um drei oder vier Tage verzögerte.

»Ohne mich?«, tat er beleidigt und fuhr mit den Lippen über ihren Hals.

»Bekomme ich jetzt Ärger?«, wollte sie wissen.

Er schob seine kühlen Finger unter den Stoff des Bademantels und umfasste ihre Brüste. Ihre Haut war noch aufgeheizt, von dem warmen Wasser. Sie schloss die Augen und atmete schneller, als er ihren Körper mit seinen Lippen bedeckte. Sie beeilte sich ihn auszuziehen, wollte das Verlangen nicht herauszögern und ihn ganz nah spüren. Er presste sich nackt an sie, küsste und streichelte sie, bevor er in sie eindrang. Dieses Mal nutzten sie ein Kondom und kurz kam ihr der Gedanke, dass es dafür vielleicht schon zu spät war. Sie waren ein paar mal unvorsichtig gewesen und hatten ihr Glück herausgefordert, aber auch das musste nichts heißen.

»Das hier wäre doch ein Argument dafür, nach den Feiertagen genau so weiterzumachen«, wisperte er ihr ins Ohr, als sie nackt in seinem Arm lag und darauf wartete, dass sich ihr Herzschlag wieder normalisierte.

Emma schwieg. Hatte er gerade angedeutet, dass er gerne mit ihr zusammenleben würde?

»Man könnte meinen, ich würde dich nach dem Besuch bei meinen Eltern aus meinem Leben verbannen«, zog sie ihn ein wenig auf.

»Man kann nie wissen, aber zumindest würde ich mit Sicherheit behaupten, dass du es nicht vorher tust«, grinste er.

»Du gehst also davon aus, dass ich dich irgendwann einfach fortschicke. Das klingt, als wäre ich ganz schön gemein«, stellte sie fest.

»Unsinn«, hörte sie ihn leise lachen. »Ich freue mich einfach über jeden Tag, an dem ich bei dir sein darf. Ich mache mir nicht die Hoffnung, dass du mich eines Tages heiraten und Kinder kriegen willst.«

Kapitel 13

"Längst Überfällig"

Emma hatte Kilian überredet zu Fuß zu gehen. Zwar waren sie ohne Komplikationen vom Haus ihrer Eltern, bis zu ihrer Wohnung gelangt, doch es schneite wieder und Emma traute ihren Füßen mehr, als einem Auto. Bis zur Bar war es nicht weit und die Straßen waren ohnehin voller Leute. Jeder der nicht arbeiten musste, würde diese Nacht feiern.

Den Silvesterabend mochte Emma ganz besonders gerne. Das Gefühl ein Jahr abschließen und ein Neues beginnen zu dürfen, war etwas besonderes.

Zwar würde sie arbeiten müssen, aber Kilians Anwesenheit würde es dennoch zu einem besonderen Abend machen. Zudem war es Sandras letzter Arbeitstag. Sie und Jan würden in ein paar Tagen heiraten und dann gemeinsam in ihr neues Leben starten. Sie hatten nicht vor, eine große Sache daraus zu machen. Die Hochzeit würde im engsten Familienkreis stattfinden. Natürlich würde Emma dabei sein und Sandra hatte darauf bestanden, dass Kilian sie begleiten sollte. Sie verstanden sich gut und es war fast ein wenig traurig, dass sie nicht die Gelegenheit bekommen würden, öfter zu viert auszugehen.

Daher wollte Emma den heutigen Abend mit ihren Freunden genießen, trotz der Arbeit.

»Und? Wie feiert man Silvester in deiner Welt?«, fragte Emma, während sie Hand in Hand durch die verschneiten Straßen liefen. Sie hatte es sich zur Gewohnheit gemacht, ihn ständig solche Dinge zu fragen. Die Geschichten über die Welt, aus welcher Kilian angeblich stammte, schienen nie enden zu wollen. Er könnte anfangen Kinderbücher zu schreiben, dachte sie.

»Der Jahreswechsel ist auf Umbria ganz anders«, fing er sogleich an zu erzählen. Sie war sich nicht sicher, ob er sich den Namen Umbria ausgedacht oder aus irgendeinem Buch geklaut hatte. Tatsache war, er nutzte ihn jedes Mal so selbstverständlich, als würde er glauben, dass er tatsächlich existierte.

»Am letzten Tag des Jahres verblassen alle Seelen am Himmel. Sie sind wie die Sterne, nur zahlreicher. Es bricht eine Dunkelheit über den Planeten herein, die so erdrückend ist, dass man sie nicht aushalten kann. Doch um sie zu ertragen, zünden die Menschen Milliarden von Kerzen an. Es wird gesungen, getanzt und gelacht, nur das Essen ist nicht gestattet. Es dauert ein paar Stunden, fast die ganze Nacht und wenn das erste Seelenlicht wieder erstrahlt, dann isst man ein ganz spezielles Brot und bittet das Seelenhaupt jene zu schützen, die man liebt«, erzählte er.

»Vorher darf man nichts essen?«, fragte Emma bestürzt. Kilian lachte.

»Nun ja, es gibt ein paar Ausnahmen. Kinder die zu jung sind, ältere oder kranke Menschen, so wie Schwangere oder auch Verfluchte dürfen jederzeit essen«, behauptete er.

»Heißt das, du wirst heute Nacht auch auf das Essen verzichten müssen?«, erkundigte Emma sich. Da war es wieder, dieses stille Lächeln, dachte sie und schwieg ebenfalls. Sie würde jedenfalls nicht auf das Essen verzichten und schon bald würde sie mit ihm reden müssen. Zehn Tage überfällig und die Zeichen ihres Körpers waren eindeutig. Sie erkannte es vom letzten Mal. Morgendliche Übelkeit, auch wenn sie sich kein weiteres Mal hatte übergeben müssen. Das Lavendelöl half ihr. Sie war unglaublich müde in letzter Zeit, was sie gut auf das Wetter schieben konnte. Zu guter Letzt war da noch ihr Heißhunger auf Marmelade. Sie könnte ein Glas pur auslöffeln, dabei aß sie das ganze Jahr über selten dieses klebrige Zeug. Sie hatte nur welche im Haus, falls Sandra zu Besuch kam.

»Emma? Alles in Ordnung?«, holte Kilian sie aus ihren Gedanken. Sie zuckte sogar leicht zusammen, so tief war sie versunken gewesen. Sie hatte nicht gemerkt, dass sie das Ziel erreicht hatten.

»Ähm, ja. Alles bestens«, murmelte sie und betrat die Kneipe.

Es war bereits sehr voll und dementsprechend laut. Sandra sprang ihr entgegen.

»Da seid ihr ja«, rief sie ausgelassen und reichte ihnen jeweils ein Sektglas.

»Gustav sagt, wir dürfen heute so viel trinken, wie wir wollen, Hauptsache die Gäste sind gut versorgt und keiner von uns muss sich übergeben.« Ihre Freundin lachte, während Emma an das Lavendelöl in ihrer Tasche dachte und das Glas zurück auf den Tresen stellte. Lieber kein Risiko eingehen, entschied sie.

»Was ist?«, fragte Sandra.

»Ich bin hier, um zu arbeiten. Trinken kann ich später«, rief sie gegen den Lärm an.

»Langweilig«, entschied Sandra und drückte ihr erneut das Glas in die Hand. Gustav rettete sie unbewusst.

»Sandra meine Liebe. Hier ich habe etwas für dich«, schob er sich plötzlich zwischen sie und reichte Sandra ein kleines Päckchen.

»Das wäre doch nicht nötig gewesen«, freute Sandra sich. Gustav schüttelte den Kopf.

»Ich bedaure es immer sehr, wenn eines meiner Mädchen geht. Ihr seid wie meine Töchter und jetzt gehst du fort«, er wurde immer theatralischer und Emma nutzte die Gelegenheit ihr Glas loszuwerden und Kilian mit sich in das Gedränge zu ziehen. Zwischen all den tanzenden und schwitzenden Besuchern zog sie sein Gesicht an ihres und küsste ihn. Für einen Moment genoss sie es, nur ihn zu spüren. Die laute Musik übertönte jedes Geräusch und die Fremden um sie herum machten sie unsichtbar.

Als sie sich aus der innigen Umarmung löste, war ihr heiß und sie fühlte sich trotz der vielen Menschen um sich herum erregt.

»Ich fürchte, jetzt muss ich wirklich arbeiten«, rief sie ihm zu. Er folgte ihr hinter die Theke. Sandra und Gustav hockten an einem Tisch in der Ecke und tranken und lachten. Jan und Toni schenkten ein Bier nach dem anderen aus. Emma schloss sich ihnen an und selbst Kilian half so gut er konnte, sorgte dafür, dass sie genug saubere Gläser hatten. Es war eine stumpfsinnige aber schweißtreibende Arbeit und Emma unterbrach sie nur, um ein Schluck Wasser zu trinken, oder auf die Toilette zu gehen. Als sie gegen halb zwölf zur Toilette musste und auf dem Rückweg an Gustavs Büro vorbeikam, überkam sie eine Welle der Müdigkeit. Sie ging hinein, um zumindest für fünf Minuten die Schuhe auszuziehen und die Beine hochzulegen. Die Holzsitzbank war alles andere als bequem, aber es war besser, wie das ständige Stehen.

Sie machte die Augen zu und lauschte der lauten Musik. Vielleicht sollte sie am Montag zu einem Arzt gehen. Es bestand noch immer die Möglichkeit, dass sie eine Grippe bekam.

»Emma, da bist du ja«, holte Jan sie aus dem Schlaf.

»Sandra hat sich schon Sorgen gemacht. Alles ok bei dir? Kilian sagt, du schläfst schon eine ganze Weile.«

Sie richtete sich auf, wobei die Jacke auf den Boden rutschte, mit der sie zugedeckt gewesen war.

»Wie spät ist es?«, fragte sie verschlafen.

»Zwei Uhr«, sagte Jan.

»Was? Ich habe das Feuerwerk verschlafen?«, wollte sie entsetzt wissen und sprang auf. Es stellte sich heraus, dass es keine gute Idee war, in dieser Geschwindigkeit aufzustehen. Ihr Kreislauf schien es nicht bemerkt zu haben und ruhte scheinbar weiter auf der Bank. Sie taumelte und wäre umgekippt, wenn Jan nicht gewesen wäre. Er packte ihren Arm und hielt sie aufrecht.

»Hast wohl auch etwas zu viel getrunken. Genau wie Sandra«, lachte er. Emma schwieg und ließ sich von ihm aus dem Büro führen.

»Ich gehe kurz zur Toilette«, entschuldigte sie sich und hastete los. Dieses Mal war die Übelkeit stärker.

Ein Klopfen an der Tür und Sandras Stimme, die nach ihrem Befinden fragte, veranlasste Emma ihre Freundin hereinzulassen. Hinter ihr verschloss sie die Tür sorgfältig und beugte sich dann über das Waschbecken, um sich den Mund noch einmal auszuspülen. Der saure Geschmack hielt sich hartnäckig.

Sandra kicherte.

»Ich habe dich gewarnt, dass wir es nicht übertreiben sollten«, meinte sie und überprüfte ihr Makeup.

»Ich habe nichts getrunken«, flüsterte Emma. Ihre Stimme klang erschöpft.

Sandra blickte von ihrem Spiegelbild auf.

»Was soll das heißen?«, fragte sie argwöhnisch.

»Wenn ich ehrlich bin. Möchte ich das selber gar nicht so genau wissen«, murmelte Emma und sah auf ihre Hände.

»Wie weit bist du drüber?«, informierte Sandra sich sofort. Ihre Heiterkeit von dem Alkohol schien komplett verflogen.

»Zehn Tage«, nuschelte Emma schuldbewusst.

»Aber ihr habt doch sicher verhütet, oder?«, hakte sie jetzt weiter nach. Emma runzelte die Nase.

»Meistens«, brachte sie so leise hervor, dass Sandra es kaum verstand.

»Meistens? Emma, bist du verrückt? Hast du beim ersten Mal nichts gelernt? Wie kannst du nur so leichtsinnig sein?«, rief die jetzt. Tränen stiegen in ihr auf und Emma konnte sie nicht zurückhalten.

»Tut mir leid«, entschuldigte Sandra sich sofort und nahm sie in den Arm.

»Ich habe es nicht so gemeint. Dieses Mal ist es etwas anderes. Du bist älter, hast deine eigene

Wohnung und ich kann mir nicht vorstellen, dass Kilian es dir wegnehmen würde«, sprach sie beruhigend und streichelte ihr über den Rücken.

»Ahnt er etwas?«, schob sie die Frage hinterher. Emma schüttelte den Kopf.

»Nein und vielleicht wäre es das Beste, es zu verschweigen. Ich werde wegziehen. Irgendwohin, wo mich niemand kennt und dann…«

»Unsinn«, unterbrach Sandra sie. »Du hast ein Recht auf Unterstützung und außerdem, wer sagt dir denn, dass er sich nicht freuen würde und es mit dir zusammen aufziehen will.«

Emma schüttelte den Kopf und wischte sich die Tränen aus dem Gesicht. Wenn man genau hinsah, konnte man erkennen, dass sie kurz geweint hatte.

»Solange ich keine Gewissheit habe, behalte ich es für mich und du tust das auch«, ermahnte sie ihre Freundin.

»Ok. Ich werde es weder Kilian noch Jan sagen«, versprach Sandra, bevor sie den Toilettenraum verließen.

Es herrschte noch immer reger Betrieb. Die Menschen lachten und feierten. Emma wusste, dass solche Abende für Gustav sehr gewinnbringend waren und sie schämte sich dafür, dass sie in seinem Büro eingeschlafen war, obwohl sie eigentlich hätte arbeiten müssen.

»Emma«, Kilian stand plötzlich vor ihr. Sandra machte ein entschuldigendes Gesicht und verschwand in der Menge. Sicher, sie würde nichts verraten, aber sie würde in dieser Sache auch nicht für Emma lügen.

»Hey«, machte sie und versuchte unbeschwert zu klingen. Kilian musterte sie mit einem ähnlichen Blick, wie ihre beste Freundin ihn perfektioniert hatte.

»Geht es dir gut? Dass du während der Arbeit schläfst überrascht mich. Immerhin hattest du die ganze Woche frei und es war recht entspannt bei deinen Eltern, im Vergleich zu deinem üblichen Leben«, stellte er fest.

»Es geht mir prima«, gab sie ausdruckslos zurück. Sie schaffte es nicht, ihm eine Leichtigkeit vorzuspielen, während ihr Herz schwer vor Sorge wog.

»Habe ich etwas falsch gemacht?«, erkundigte er sich weiter. Sie schüttelte den Kopf und hoffte, dass er bald aufhören würde, ihr Fragen zu stellen.

Sie hätte es besser wissen müssen. Er war hartnäckig.

»Ich habe mit Gustav gesprochen. Er sagte, wenn du dich nicht gut fühlst, dürften wir gehen«, offenbarte er. Emma seufzte und nickte knapp. Sie fühlte sich ausgelaugt, weil sie schlecht gelegen hatte, sich übergeben musste und die Ungewissheit ihre Gedanken zu Brei zermalmte.

Die frische Luft tat gut. Kilian hatte ihr seinen Mantel um die Schultern gelegt, obwohl sie ihre eigene Jacke dabei hatte. Wie so oft schien er nicht besonders zu frieren, oder zumindest war er gut darin es zu verbergen.

Emma kaute nervös auf ihrer Unterlippe herum und überlegte fieberhaft, wie sie herausfinden konnte, ob Kilians Reaktion auf eine mögliche Schwangerschaft gut oder schlecht war. Vielleicht sollte sie zunächst überlegen, welches Verhalten seinerseits ihr zusagen würde, ging es ihr durch den Kopf. Die Antwort darauf war klar. Sie wünschte sich, dass er sich freuen und sie für immer an seiner Seite haben wollte. Er sollte ihr versichern, dass er sich ein Kind gewünscht hatte und alles dafür geben würde, um sie ein Leben lang glücklich zu machen.

Es war viel verlangt, dass war ihr bewusst, vor allem nachdem sie ihm zu verstehen gegeben hatte, dass ihre Beziehung nicht zwingend die Ernsthaftigkeit besitzen musste, die andere Paare erwarteten.

Sie betrachtete den Schnee, dachte an die Geschichten, welche er über die erfundene Welt erzählt hatte und wünschte, sie seien wahr.

»Frierst du gar nicht?«, fragte sie leise. Er lachte.

»Doch. Es ist ziemlich kalt, aber das ist gerade nicht wichtig«, antwortete er und legte einen Arm um ihre Schultern.

»In deiner Welt ist es bestimmt noch kälter«, scherzte sie.

»Erzählst du mir jetzt, was los ist?«, fragte er, ohne darauf einzugehen. Er würde nicht locker lassen und irgendwann musste sie es sowieso erzählen. Sandra hatte recht, dass es keine gute

Idee war, heimlich zu verschwinden. Es wäre Kilian gegenüber nicht fair und sie kannte das Gefühl bestens, wenn einem das eigene Kind vorenthalten wurde. Falls er nichts damit zu tun haben wollte, konnte sie immer noch verschwinden.

»Ein Baby«, hauchte sie in die Nacht, so leise, dass sie glaubte, Kilian hätte es unmöglich hören können. Er blieb stehen.

»Was sagst du?«, fragte er. Ein paar Schritte entfernt, hielt sie ebenfalls an und drehte sich zu ihm um.

»Nun ja. Ich bin nicht beim Arzt gewesen, aber die Zeichen sind eindeutig und es fühlt sich an, wie beim letzten Mal«, sagte sie entschuldigend und hob die Handflächen nach oben.

Sein Gesicht lag im Dunkeln, so dass sie die Reaktion nicht lesen konnte.

»Du bist schwanger?«, wollte er wissen.

»Vermutlich«, murmelte sie.

Kilian machte ein paar Schritte auf sie zu und schloss sie in die Arme. Etwas unbeholfen erwiderte sie die Geste.

»Seit wann weißt du es?«, fragte er weiter. Sie strich sich die Haare hinter das Ohr.

»Es steht nicht zu hundert Prozent fest«, erwiderte sie.

»Seit wann glaubst du es zu wissen?«, verbesserte er seine Frage.

»Seit Weihnachten«, gab sie zu.

»Und dann sagst du es mir erst jetzt?«

»Nun ja. Ich hatte Angst. Du weißt, was beim

letzten Mal passiert ist…«, fing sie an.

»Emma. Ich habe dir versprochen, dass ich dir helfe Jillian zurückzuholen. Wie kommst du auf den Gedanken, ich könnte dir unser Kind wegnehmen?« Bei Kilians Worten spürte sie erneut, wie ihr Tränen kamen. Sie vergrub das Gesicht tief in seiner Schulter. Er hatte es unser Kind genannt. Dieses Gefühl war etwas völlig Neues. David hatte nur von seiner Tochter gesprochen und so getan, als hätte Emma nichts damit zu tun, außer sie auf die Welt zu bringen.

»Also freust du dich?«, zögerte sie.

»Natürlich. Es ist so viel mehr, als ich jemals zu hoffen gewagt hatte«, meinte er.

»Allerdings gäbe es da noch eine Sache. Würdest du mich jetzt bitte offiziell als deinen Freund akzeptieren? Sonst könnte ich noch auf den Gedanken kommen, dass du eines Tages heimlich untertauchst«, scherzte er, ohne zu wissen, wie nah er damit an ihre ersten Gedanken herankam.

Kapitel 14

"Ein weiser Rat"

Die Hochzeit von Jan und Sandra kam schneller, als es Emma recht gewesen wäre. Sie hatte sich den 27. Januar rot im Kalender angestrichen. Es war ein schönes Fest, welches mit reichlich Tränen endete und Emma hatte ihnen lange hinterher gesehen, selbst dann noch, nachdem das Auto längst in der Ferne verschwunden war.

Heute begann ein neues Leben. Es war Montag. Sandra würde ab jetzt in der Schweiz leben und Emma hatte nach einigem hin und her eingewilligt ihre kleine Wohnung zu verlassen und auf unbestimmte Zeit bei Kilian einzuziehen. Sein Argument, dass er genug Platz für mindestens ein Kinderzimmer hatte, war überzeugend. Es wäre sogar möglich ein zweites Zimmer herzurichten, falls sie es schaffte das Sorgerecht für Jillian zurückzubekommen.

Seit halb sechs lief Emma nervös im Wohnzimmer auf und ab. Sie hatte versucht leise zu sein, um

Kilian nicht zu wecken.

Heute war das Treffen mit dem mysteriösen Mr. Bell. Er würde extra nach München kommen, um sich mit Kilian zu treffen. Der hatte ihr versprochen, sie mitzunehmen, auch wenn er ihr nicht hatte garantieren können, dass sein Chef erlauben würde, dass sie während des Gesprächs anwesend war.

Kreisend strich sie mit der Hand über ihren Bauch. Sie hatte das Gefühl bereits eine kleine Wölbung unterhalb ihres Bauchnabels sehen zu können.

Laut der Aussage des Arztes, bei dem sie letzte Woche gewesen war, müsste sie jetzt in der zehnten Woche sein. Das war noch sehr früh, aber er hatte sie gewarnt, dass man eine zweite Schwangerschaft eher sehen würde.

Bisher wusste außer Sandra, Jan und Kilian, nur Gustav Bescheid. Ihm hatte sie es anvertraut, damit er sich nicht sorgte, wenn sie auf der Arbeit einen müden Eindruck machte.

Er hatte ihr vorgeschlagen weniger zu arbeiten und angesichts der Tatsache, dass sie aktuell keine Miete zahlen musste, war es ein verlockendes Angebot gewesen, doch stattdessen hatte sie ihre Stelle als Haushaltshilfe aufgegeben.

Es war ihr nicht leicht gefallen, aber sie wollte sich nicht zu viel zumuten. Die zweiundvierzig Stunden jede Woche in der Bar waren ausreichend.

»Wieso schläfst du nicht?« Kilian stand plötzlich im Türrahmen. Emma konnte es nicht lassen.

Ihr Blick huschte zu ihrer Armbanduhr.

Fünf nach sieben.

»Ich bin zu aufgeregt. Was wenn es keine Möglichkeit gibt, Jillian öfter zu sehen«, erwiderte sie und zupfte an einer Haarsträhne herum.

»Warten wir doch erst einmal ab, was Mr. Bell für uns tun kann. Außerdem glaube ich, dass du dir zu viele Sorgen machst. Denk nur mal an Weihnachten. Da hast du sie gesehen, weil sie es so wollte und Joanne hat sich nicht dagegen gewehrt. Wer sagt, dass es nicht häufiger zu solchen Treffen kommen kann«, versuchte er ihr gut zuzureden.

»Und jetzt tu mir den Gefallen und leg dich noch einmal hin. Wir müssen erst um zehn Uhr losfahren, jede Menge Zeit noch gemütlich im Bett zu bleiben«, entschied er und zog sie in seine Arme.

Sie trafen Mr. Bell in dem wohl teuersten Hotel der Stadt. Zwei Männer hielten ihnen die Tür in die Eingangshalle auf und Kilian ging kurz zur Rezeption, um sich anzumelden. Er sprach über zehn Minuten mit dem Mann, der zwischendurch leise telefonierte. Emma stand währenddessen etwas unbeholfen neben einer Reihe gepolsterter Sessel. Sie brachte nicht genug Ruhe auf, um sich hinzusetzen.

Kilian kehrte zurück. Er sah zufrieden aus.

»Entspann dich, Emma. Es wird alles gut«, sagte er zum wahrscheinlich fünfzigsten Mal an diesem Tag. Sie wollte ihn gerade fragen, was der Herr am Empfang gesagt hatte, als ein Mann auf sie beide zutrat.

»Mr. Bell empfängt sie jetzt«, sagte er höflich und verbeugte sich. Kilian griff nach ihrer Hand und sie folgten ihm schweigend zum Fahrstuhl. Sobald die Türen sich geschlossen hatten, veränderte sich die Stimmung spürbar.

»Er hat dich schon früher erwartet, Kilian. Ist irgendetwas vorgefallen, dass du erst jetzt zu uns kommst?«, fragte der Mann, als seien sie alte Freunde.

»Ich hatte viel zu tun und musste mir einige Gedanken darüber machen, wie es weitergehen soll«, erklärte Kilian und warf Emma einen kurzen Blick zu.

»Wie ist es drüben? Gibt es etwas neues?«, fügte er hinzu. Der Fremde musterte Emma kurz, als wog er ab, wie frei er in ihrer Gegenwart sprechen konnte.

»Es ist beinahe wie immer. Dem König wurde endlich ein Sohn geboren«, verkündete er. Kilian schnaubte.

»Er ist fast sechzig und hat sieben Töchter. Hätte er nicht eine von ihnen zur Nachfolgerin erklären können?«

»Du kennst doch die Regeln. Sie sind eben sehr streng«, entgegnete der Mann.

»Ich finde, sie sollten sich ein Beispiel an den Nachbarländern nehmen«, sprach Kilian erneut.

»Wieso kümmert es dich? Du willst doch ohnehin nicht zurück«, lachte der Fremde.

»Trotzdem ist es mir nicht egal, Piroz. Wer kann schon sagen, was irgendwann sein wird«, meinte Kilian leise. Die Männer schwiegen sich eine Weile an. Es waren nur Sekunden, doch Emma erschienen sie wie eine Ewigkeit.

»Das mit Jaron hat Patrick dir gesagt, oder?«, fragte Piroz vorsichtig.

»Ja. Wie geht es meiner Mutter damit?«, wollte Kilian wissen. Er redete beinahe nie über seine Eltern.

»Bena würde sich sicher freuen, wenn du nach Hause kommst«, versicherte Piroz.

»Sie weiß nicht, dass ich auf der Erde bin und das ist gut so«, entschied Kilian kühl.

»Gut für sie oder gut für dich?«, hakte sein Gegenüber nach. Kilian blieb eine Antwort erspart, da sich die Fahrstuhltüren in diesem Moment öffneten.

Das Zimmer glich viel mehr einem Appartement und war so luxuriös eingerichtet, dass Emma Sorge hatte durch ihre bloße Anwesenheit irgendeinen Schaden zu verursachen.

Ein großer breitschultriger Mann stand in der Mitte des Raumes. Seine Erscheinung wirkte so imposant und Machtvoll, dass Emma keine Zweifel daran hegte, dass er Mr. Bell war. Er hatte etwas Furchteinflößendes an sich und dennoch schien sein Blick Wohlwollen und Freundlichkeit auszudrücken.

»Ah, Kilian«, empfing er ihn mit ausgebreiteten

Armen, wie einen heimkehrenden Sohn.

»Vielen Dank, dass sie sich die Zeit nehmen«, ging der höflich auf diese offenherzige Begrüßung ein. Die Männer umarmten sich. Auch das wirkte vertraut und familiär, was Emma angesichts der Umstände nicht erwartet hatte. Dieser Mr. Bell schien nicht nur reich, sondern zudem auch hoch angesehen zu sein.

»Sicher doch. Du weißt, wie viel mir daran liegt, dass unsere Leute hier ein gutes Leben führen können«, antwortete Mr. Bell und wanderte mit seinen Augen zu Emma. Sie fühlte sich fremd und unwissend, zwischen diesen Gesprächen. Kilian war ihr einziger Anhaltspunkt in diese Situation und sie wünschte sich das Baby spüren zu können, um sich etwas weniger in der Unterzahl vorzukommen.

»Dann sind sie Emma«, nahm Mr. Bell an und begutachtete sie. Sie kam gar nicht erst dazu, eine Antwort zu formulieren, da er sich erneut an Kilian wandte.

»Du möchtest demnach ein Erdenmädchen mit nach Umbria nehmen?«, erkundigte er sich. Eine Spur aus Neugierde durchzog sein ernstes Gesicht.

Kilian machte ein Gesicht, in dem Emma ihr eigenes Unverständnis wiedererkannte.

»Ich… wie kommt ihr zu der Annahme, dass ich zurück möchte? Ich mache meine Arbeit gewissenhaft«, machte Kilian sich stark.

»Durchaus. Du bist einer der Besten und ich hätte dich gerne weiterhin in meinem Team.

Allerdings sprechen die Umstände für etwas Anderes. Berichtige mich, wenn ich falsch liege, aber Jaron war ein Eiswandler, nicht wahr? Wir wissen, dass die Gabe meistens eine Generation überspringt, weshalb du sie nicht besitzt. Die Wahrscheinlichkeit jedoch, dass dein Kind sie erhält, ist hoch. Vielleicht nicht ganz so hoch, wie sie wäre, wenn du eine Umbrianerin gewählt hättest, aber ich würde dir eine siebzig prozentige Chance zusichern. Du weißt genau so gut, wie wir alle, dass dieses Mädchen nicht sicher wäre, wenn sie eine solche Fähigkeit hätte«, sprach Mr. Bell in Rätseln.

»Ein Mädchen?«, war das Einzige, was Kilian daran zu interessieren schien.

»Nur eine Vermutung meinerseits. Ich selbst habe drei Jungen, wie du weißt. Sie klangen anders«, merkte Mr. Bell an. Sie schienen Emmas Anwesenheit vergessen zu haben, oder es interessierte sie nicht, weil sie eben nur eine Frau war und hinzu eine unbedeutende Person. Doch solange man über sie sprach, würde Emma nicht klein beigeben. Sie war nicht so schüchtern oder ängstlich, wie andere Frauen.

»Wovon sprechen sie?«, fragte sie laut genug, dass man sie nicht überging.

»Verzeihung, Emma. Ich vergesse hin und wieder meine gute Erziehung. Ich weiß nicht, wie viel sie über Kilians Herkunft wissen, aber es ist so, dass sein Vater eine Gabe besaß, die möglicherweise an ihr ungeborenes Kind weitergegeben wurde. In dieser Welt stellt es eine Gefahr da, übermenschliche Eigenschaften zu besitzen. Die Leute sind blind und wollen es nicht verstehen. Auf Umbria ist es nichts Ungewöhnliches. Dort wären sie sicher«, richtete Mr. Bell seine Worte so klar und direkt an sie, dass sie plötzlich glaubte, gar nicht so unbedeutend zu sein, wie sie bisher angenommen hatte. Es ermutigte sie weiter zu fragen.

»Aber woher wissen sie von dem Baby?« Es war wirklich nur sichtbar, wenn man sie gut kannte und sie seitlich nackt vor dem Spiegel stand und ihren Bauch anstarrte. Dieser Mann kannte sie nicht und soweit sie wusste, hatte Kilian sein Wort gehalten und bislang niemandem davon erzählt.

»Ich habe schon in meiner Kindheit angefangen die Seelen der Lebenden zu studieren. Das erleichtert mir die Geschäfte auf der Erde ungemein. Ich durchschaue Verhaltensweisen und erkenne seelische Zustände. Eine Schwangerschaft ist leicht zu sehen«, erklärte Mr. Bell.

»Dann rätst du uns also nach Umbria zu gehen, obwohl Emma keinen Seelenstein besitzt?«, brachte Kilian sich wieder in das Gespräch ein.

»Ihr solltet mit einem Seelenhaupt sprechen. Es gibt Ausnahmen. Ich kenne einige Fälle, bei denen niemand zu Schaden gekommen ist. Hier zu bleiben, stellt ein größeres Wagnis da.« Emma verstand immer weniger wovon die Männer sprachen und ihre Gedanken wanderten zu den Geschichten über Umbria, welche Kilian ihr erzählt hatte.

»Wenn ihr lieber hier bleiben wollt, müssten wir einige Sicherheitsvorkehrungen treffen. Zunächst bräuchten wir eine Heilerin und einen Seelenwächter«, überlegte Mr. Bell.

»Ihr solltet euch Zeit nehmen, es in Ruhe zu entscheiden. Aber lasst nicht zu viele Wochen vergehen. Ich werde bis Mitte März in Deutschland bleiben und mich um einige Geschäfte kümmern. Wie ihr euch auch entscheidet, die Firma wird euch unterstützen.«

Ende

Epilog

---Umbria 3549 nach Beginn der Sonnenzeit---

Mit Hilfe einer Heilerin brachte Emma ihre Tochter zur Welt.

Direkt am nächsten Morgen gingen sie auf Anraten der Heilerin zu einem nahegelegenen Seelenhaupt. Dies war ein Ort, an dem alle Seelenverbindungen Umbrias zusammenkamen. Ihre Tochter würde dort ihren Seelenstein und einen Namen erhalten und Emma erhoffte sich auch Hilfe für Jillian.

Gemeinsam betraten die Vier das steinerne Becken, welches bis an den Rand mit einer klaren Flüssigkeit gefüllt war.

Eine Stimme erhob sich wie aus dem Nichts.

»Killian, geboren unter der Sonne Errai 3521 nach Beginn der Sonnenzeit von Bena, Magie des

Eises und Jaron, Eiswandler, verstorben. Getauft durch Cato, Eiswandler.«

Emma blickte sich um. Die Worte schienen aus der Luft zu kommen und waren allgegenwärtig.

»Du bringst deine Frau, ihre Tochter und ein gemeinsames Kind zu uns. Was können wir für dich tun?«

»Zunächst erbitte ich den Namen für meine Tochter, geboren unter der Sonne Alrakis«, antwortete Kilian.

Das Wasser erhob sich aus dem Becken und leuchtende Punkte wanderten zu einem gemeinsamen Ort über ihren Köpfen.

»Wir geben ihr den Namen Alexa. Ihre Wurzeln werden einst die Seelen dieser Welt verbinden. Sie ist ein großartiges Geschenk und wir danken dir Emma, dass du den Mut hattest sie hierher zu bringen, obgleich du wusstest, dass deine Seele in dieser Welt nicht ewig überleben könnte«, sprach die helle Stimme und die kleine Kugel aus Licht senkte sich herab. Kilian griff sachte danach. Emma erkannte einen flachen runden Stein.

»Das ist der zweite Grund, aus dem wir hier sind. Emma und Jillian besitzen keinen Seelenstein und wir erhoffen uns Hilfe«, flüsterte Kilian. Das Wasser schlug kleine Wellen.

»Lass uns mit deiner Frau alleine sprechen«, bat die Stimme. Er nickte stumm. Emma reichte ihm das Baby. Er nahm Alexa an sich und reichte Jillian die Hand. Sie zögerte kurz, folgte ihm aber dann.

»Emma, Erdenmädchen. Deine Seele ist sehr rein. Wir können dir ein Angebot machen. Ein Leben so lang, wie jenes, welches du auf der Erde gelebt hättest. Vielleicht bekommst du vierzig Jahre, vielleicht sechzig, wir dürfen es nicht verraten, aber du hättest ein ganz normales Leben auf Umbria, als Dank für deine Tapferkeit und das Kind, welches der Grundstein für die Zukunft Umbrias sein wird«, erhob die Stimme sich erneut.

»Was ist mit Jillian?«, fragte Emma leise.

»Sie hat noch ein paar Tage. Mehr können wir für sie nicht tun«, antwortete die körperlose Stimme.

»Was ist, wenn ich ihr meine Jahre schenke?«, fragte Emma, ohne zu wissen, ob das funktionieren würde.

»Es ist eine Möglichkeit, aber bedenke auch, dass du zwei Töchter hast. Möchtest du sie beide ohne Mutter aufwachsen lassen?«

Emma schwieg und dachte nach.

»Was wäre wenn ich fünf Jahre bekomme, die Zeit die ich auf der Erde mit Jillian verpasst habe, dann würde ich auch Alexas erste Jahre erleben und den Rest meiner Jahre gebe ich Jillian«, versuchte sie zu verhandeln.

»Das klingt sehr kompliziert«, flüsterte die Stimme. »Diese Art zu denken, gefällt uns. Wir werden es versuchen. Du bekommst fünf Jahre und Jillian alle verbliebenen. Im Gegenzug wird keine von euch Beiden die Erde jemals wieder betreten können und sie bekommt einen neuen Namen. Ab sofort ist sie uns bekannt als Jill.«

Nachwort

Verbindung zur Eiswandler-Reihe

Diese Erzählung ist nicht als Fantasiegeschichte gedacht. Sie zeigt einen kurzen Einblick in das Leben von Kates Großeltern und wie sie sich kennengelernt haben. Umbria wird dabei bewusst nur an Rande erwähnt, damit das Buch auch unabhängig gelesen werden kann.

Ich selbst habe einfach Freude daran, den Figuren meiner Welt ein Leben zu geben, die für die Hauptstory keine Relevanz besitzen.

Printed in Poland
by Amazon Fulfillment
Poland Sp. z o.o., Wrocław

69308649R00134